MARTINA RAPP

JULIE

FLUCHTPUNKT PARIS

Kellner
VERLAG

Dieses Buch ist bei der Deutschen Nationalbibliothek registriert. Die bibliografischen Daten können online angesehen werden:
http://dnb.d-nb.de

Impressum

Inhaber: Manuel Dotzauer e.K.
St.-Pauli-Deich 3 • 28199 Bremen
Tel. 04 21 77 8 66
info@kellnerverlag.de
www.kellnerverlag.de

Lektorat: Natascha Salvatore
Layout: Charliene Shah
Umschlag: Jennifer Chowanietz
Titelillustration: Pixabay.de
Gesamtherstellung: Der DruckKellner, Bremen

ISBN 978-3-95651-433-3

Für Kristina

Julie

Auf dem Asphalt der Rue Méhul glänzten schmutzige Pfützen. Julie überquerte die Straße. Vor dem Gemüseladen an der Ecke blieb sie stehen und betrachtete die Kisten voll reifer Früchte. Sie füllte eine der braunen Papiertüten mit Pfirsichen und betrat den Laden. Hinter der Kasse saß Ibram auf seinem wuchtigen Drehstuhl, den Blick auf einen kleinen Bildschirm gerichtet.

»Salut Ibram, ça va?«

Er hob den Kopf und lächelte. »Ça va bien. Et vous?«

Julie nickte. Selten hatte sie gesehen, dass Ibram sich bewegt hätte, und jetzt am Abend saß er vor seinem kleinen Fernseher und verfolgte die Sportsendungen. Das Ende eines langen Tages auf wenigen Quadratmetern. Sie bog ab in den schmalen Gang, der in den hinteren Teil des Ladens führte. Sie musste aufpassen, nichts von den Regalen zu stoßen. Auch auf dem Boden stapelten sich Kartons, halb ausgepackt. Sie manövrierte an den Konserven, den Packungen mit Nudeln und Mehl vorbei und steuerte auf das Kühlregal zu, das in seiner Breite die Kurve auf dem Rückweg zur Kasse ausfüllte. Außer ihr war noch ein Junge im Laden. Er hatte die Kapuze seines Sweatshirts zur Hälfte über den Kopf gezogen, und die Ohrhörer seines Handys baumelten lose um den Hals.

Als Julie sich an ihm vorbeischob, konnte sie aus den Augenwinkeln sehen, wie er sich eine Rolle *Chocuits* in die Tasche steckte. »Vergiss es«, flüsterte sie ihm in den Nacken. »Ibram sieht alles.«

Der Junge zuckte zusammen und legte, ohne sie anzusehen, die Beute wieder zurück. Julie ergriff ihrerseits die Schokokekse, überholte ihn, nahm im Vorbeigehen noch Joghurt und eine Flasche Wein mit und gelangte zur Kasse.

Der Junge betrat nach ihr die Straße.

»Warte«, rief sie ihm zu und drückte ihm die glänzend verpackten Chocuits in die Hand. Er blickte ihr kurz in die Augen, nahm die Kekse, drehte sich um und rannte davon. Langsam folgte sie ihm in Richtung der Hochhäuser.

In ihrem Appartement angekommen, schloss sie die Tür und lehnte sich von innen an die kühle Kunststofffläche. Sie zog ihre Schuhe aus, ohne sich zu bücken, und kickte sie unter den Stuhl gleich neben der Türe.

Barfuß ging sie in die Küche und stellte ihre Einkäufe auf der Anrichte ab. Der Blick in den Kühlschrank entmutigte sie. »Merde«, entfuhr es ihr. Frédéric hatte die letzten Sandwiches für die Autofahrt zu seinem Familientreffen mitgenommen.

Sie drehte sich um, nahm aus dem Holzschränkchen eine Packung Cräcker und öffnete sie, sodass die Zellophanhülle gleich bis zur Mitte durchriss. Sie steckte sich den Ersten in den Mund. Während sie kaute, fiel ihr Blick aus dem Fenster. Die Sonne war bereits hinter dem gegenüberliegenden Haus verschwunden. Das Geschrei spielender Kinder drang bis zu ihr in den 13. Stock. Sie strich über die fast vertrockneten Blätter ihres Bananenbaumes auf dem Fensterbrett. Pflanzen gießen, die Wäsche machen, Maman besuchen.

Sie verspürte Müdigkeit und bereute fast, nicht mit Frédéric gefahren zu sein. Die Haushälterin der Beaudarts hatte bestimmt leckere Speisen zubereitet. Sie saßen wohl gerade um den Eichentisch im Esszimmer. Auch Frédérics Geschwister würden da sein. Und wenn sie es geschafft hätte, sich aus den Familienzwistigkeiten herauszuhalten, hätte sie sich einfach nur zurücklehnen und das Essen genießen können.

Andererseits genoss sie die Stille ihrer Wohnung. Frédéric hatte nie verstanden, warum sie über viele Jahre in dem schäbigen Appartement geblieben war und es ihr so schwerfiel, die Banlieue zu verlassen. Nicht nur einmal hatte er vorgeschlagen, in eine gemeinsame Wohnung zu ziehen, sich eine Putzhilfe zu leisten

Julie nahm ein Wasserglas aus der Spüle, schwenkte es mit kaltem Wasser aus und goss sich Wein ein. Sie mochte den Moment des Tages, an dem die Dämmerung einsetzte und der Himmel sich zu verfärben begann. Nicht mehr Tag und noch nicht Nacht.

An ihren Fußsohlen spürte sie, wie der Boden rhythmisch zitterte. Hoffentlich nicht wieder eine dieser Partys, die die ganze Nacht andauerten. Sie hatte Arbeit mit nach Hause gebracht, Berichte mussten noch geschrieben werden und dann wollte sie früh schlafen gehen.

Sie trank einen Schluck Wein und lehnte sich an den Kühlschrank, der leise surrte.

Fréijart

Abdul Fréijart fröstelte. Dennoch klebte er mit einer dünnen Schweißschicht auf der Kunststoffsitzfläche des Hockers fest. Aus dem Monitor blickte ihn eine blonde, junge Frau lächelnd an. »Ihr Name?«, fragte sie. Das Rauschen der Klimaanlage ging in ein leichtes Rattern über. »Bitte nennen Sie jetzt Ihren Namen.«

»Abdul. Ähm, Abdul Fréijart.«

»Bitte nennen Sie Vor- und Zuname ohne Ergänzungen.«

»Abdul Fréijart.«

»Bitte geben Sie Ihren Namen und alle weiteren Angaben nun manuell ein. Wann sind Sie geboren? Bitte notieren Sie Tag, Monat und das Geburtsjahr.«

Ihr Mund verzog sich in die Breite, um sich gleichsam im Voraus für die Mitarbeit zu bedanken.

Fréijart zögerte. Seine Eltern hatten sich damals auf den 7. April 1952 geeinigt. ›7. April 1952‹ tippte er in die Kästchen. Der bekannte Schmerz durchfuhr ihn. Er kniff die Augenwinkel leicht zusammen, um den Atem besser anhalten zu können.

»Bitte wählen Sie eine Kategorie für Ihre Beschwerden.«

Der Bildschirm teilte sich in zwei Hälften. Auf der linken Seite war ein Piktogramm mit einem grübelnden Gesichtsausdruck, auf der rechten Seite eine Figur mit einem dicken Verband an der Hand. »Leiden Sie unter psychischen oder physischen Beschwerden?«, lautete die Frage und Fréijart klickte auf die rechte Seite.

»Sie haben körperliche Beschwerden«, wiederholte die Frau auf dem Bildschirm.

»Sind Ihre Beschwerden mit Schmerz verbunden?«

›Ja‹ klickte Fréijart, ohne zu zögern.

»Geben Sie die Körperregion beziehungsweise die -regionen an, in denen Sie Schmerzen empfinden. Mehrfachnennungen sind möglich.«

Das Körperschema eines Mannes war auf dem Bildschirm zu sehen. Die Regionen des Körpers waren in unterschiedlichen Farben gekennzeichnet. Die Zeichnung erinnerte Fréijart an das Bild der Kuh, die in der *Boucherie Sanzot* über der Fleischtheke hing. Genaue Trennlinien waren gezogen zwischen Schultern, Brust, Flanken und Keule und in rosa Schrift war die daraus zuzubereitende Speise benannt: Schnitzel, Steak, Ragout.

Die Hüfte des Mannes war lila markiert und Fréijart berührte sie vorsichtig mit dem Finger.

»Wodurch wurden Ihre Beschwerden verursacht? Durch einen Unfall oder auf andere Weise?«

Fréijart bewegte den Cursor.

»Auf andere Weise«, murmelte er. Den Schuss hatte er abgefangen, als er sich über das Kind gebeugt hatte. Die Demonstration war gewaltsam aufgelöst worden. Das Kind war plötzlich aus einer Seitenstraße auf den Platz gerannt. Es war gestürzt und wäre von der Menge fast überrannt worden. Nachdem Fréijart es wieder auf die Füße gestellt hatte, hatte er den gleißenden Schmerz in seiner Hüfte gespürt und bemerkt, dass ihm das rechte Bein nicht mehr gehorchen wollte. Wie er es überhaupt über den Platz und in den Hauseingang geschafft hatte, wusste er nicht mehr.

Der Bildschirm begann vor Fréijarts Augen zu verschwimmen. Die Rufe und Schreie der Kämpfenden und der Verletzten hallten wider in seinen Ohren. Schweißperlen bildeten sich auf seiner Stirn. Seit fast dreißig Jahren spürte er die Folgen der notdürftig ausgeführten Operation im Krankenhaus in Algier. Fréijart sah sich um. Die Wände des fensterlosen Containers schienen auf ihn zuzukommen. Mit einem Ruck stand er auf und verließ den Raum. Er eilte über die Flure des Krankenhauses und hielt erst inne, als er draußen auf der Einfahrt stand und die kühle Morgenluft tief einatmete.

Julie

Frédérics Gesicht hellte sich auf, als er Julie sah. »Da bist du ja endlich.« Er drückte ihr einen kaum spürbaren Kuss auf die Wange. »Edouard tobt schon. Er hat das Meeting gleich um neun Uhr angesetzt. Wir kommen zu langsam voran. Er möchte erste Ergebnisse bei dem Kongress in Genf vorlegen.«

Julie atmete tief durch. »Wie war das Wochenende? Geht's deiner Familie gut?«

Frédéric runzelte die Stirn. »Das übliche. Bernard möchte ein Haus kaufen. Délia ist dagegen. Meine Nichte will die Schule abbrechen. Und Maman will, dass wir alle zusammen im Sommer nach Banyuls fahren. Du kannst dir vorstellen …«

In diesem Moment betrat Edouard im Gefolge von Marie-Claire und dem neuen Praktikanten den Konferenzraum. »Meine Damen und Herren, lassen Sie uns gleich mit der Analyse der Interviews der letzten Woche beginnen.« Er ging zur Frontseite des Konferenztisches und schwang sich auf einen der Drehstühle. Erwartungsvoll blickte er auf Julie. »Haben wir erste Zahlen?«

Edouard schien zufrieden. Die Präsentation der Arbeitsgruppe um Julie und Frédéric hatte eindeutige Ergebnisse geliefert. Die Verweildauer der Patienten in der Aufnahmestation war um 26 Prozent gesunken. Ein um 40 Prozent niedrigerer Einsatz von menschlichem Personal bei der Erstaufnahme ließ eine deutliche Kostensenkung erwarten.

Die meisten der Patienten waren nach der neu entwickelten computergestützten Diagnostik im richtigen, entsprechenden Kompetenzzentrum gelandet. Allerdings häuften sich Hinweise, dass zehn Prozent Irrläufer erhebliche

Probleme und Reibungsverluste in den weiterbehandelnden Zentren verursachten.

»Zehn Prozent«, unterbrach Edouard die Präsentation, »diese zehn Prozent sind unsere Herausforderung.« Er blickte in die Runde. »Zehn Prozent Irrläufer sind neun Prozent zu viel. Mit dieser Quote werden wir das System nicht implementieren können. Ich schlage vor, wir gründen eine Untersuchungskommission, die die Interviews mit den Irrläufern noch einmal genau analysiert. Vermutlich benötigen wir eine weitere Differenzierung der Patientenprofile, der sozialen Milieus oder linguistischer Parameter. Ich gebe Ihnen da freie Hand. Die Untersuchungsgruppe wird für zwei Monate von allen anderen Aufgaben freigestellt.«

»Ich …«, Julie räusperte sich, »ich würde das gerne machen.« Aus den Augenwinkeln bemerkte sie den fragenden Blick Frédérics.

»Da hast du dir was aufgehalst.« Frédéric rührte das zweite Stück Zucker in seinen Kaffee. Die Cafeteria war nahezu leer. Nach dem Meeting und einem schnellen Kaffee waren die meisten wieder in ihre Büros geeilt. »Und dabei dachte ich, wir könnten endlich mal wieder ein Wochenende zusammen verbringen.«

»Isst du deinen Keks noch?« Julie ergriff, ohne die Antwort abzuwarten, den klebrigen Zuckerkringel und pickte mit spitzen Fingern die gröbsten Zuckerstückchen ab.

»Maman hat auch nach dir gefragt«, sagte Frédéric.

Mit kleinen Bissen rückte sie dem Keks zu Leibe. »Das ist nett«, murmelte sie.

Frédéric nahm einen Schluck von seinem Kaffee und ließ sich tiefer in den Stuhl gleiten.

»Also, was dieses Projekt betrifft, ich kann beim besten Willen nicht auch noch in der Sonderkommission mitarbeiten.«

Er beobachtete, wie sie sich Krümel für Krümel voranarbeitete. »Und außerdem, Edouard braucht mich in Genf.«

Julie blickte auf, steckte sich den Rest in den Mund. »Verstehe«, sagte sie und spürte ein bekanntes Kratzen im Hals.

Einen Tag später war die Untersuchungsgruppe um Julie zusammengestellt. Robert Fanon, ein Arzt aus der Unfallchirurgie, hatte Interesse bekundet. An dem Abend nach Julies Präsentation hatte er bei ihr angerufen und war erfreut, dass sie sich eine Zusammenarbeit mit ihm vorstellen konnte.

Julie kannte ihn kaum. Er hatte den Ruf eines ausgezeichneten Chirurgen. In den wenigen Pausen, die sie während ihrer Krankenhausschichten gemeinsam verbracht hatten, war er sehr zurückhaltend gewesen. Und am Feierabend war er einer der ersten, die die Klinik wieder verließen. An Freizeitaktivitäten mit Kollegen schien er aus Prinzip nicht teilzunehmen. Sein deutlich gezeigtes Engagement überraschte Julie. Die Freude über die dazugewonnene Fachkompetenz wischte ihre Verwunderung jedoch beiseite.

Als Dritte in der Arbeitsgruppe wurde ihnen Marie-Claire zugeteilt. Edouard legte großen Wert darauf. Für die Zeit, die er in Genf sein würde, sollte sie ihnen als Assistentin zur Verfügung stehen.

Im Institut war ein kleiner, fensterloser Raum für ihre Recherchen freigeräumt worden. Julie und Robert vereinbarten, dass Julie vormittags und Robert nachmittags an den Interviews arbeiten sollte. Mittags würden sie ihre Ergebnisse diskutieren.

Am Morgen des ersten September nahm Julie ihre Arbeit auf. Da sich schon früh ein heißer Tag andeutete, machte sie sich ohne Jacke auf den Weg zum Institut. Die Metro wurde, wie immer zum Herbstanfang, bestreikt. So nahm sie den Bus, der zwar einen kleinen Umweg machte, aber mit dem sie nicht mehr umzusteigen brauchte. Sie hatte nur einen Stehplatz ergattert und stand schwitzend im Gang des Busses. Hinter ihr standen zwei ältere Frauen. Ihr Dialog über die Hochzeitsvorbereitungen ihrer Töchter war minutenlang zwischen ihre Schulterblätter gebrandet. Sie spürte, wie sich ihre Nackenmuskeln versteiften, um keine Angriffsfläche zu bieten. Zum Schluss nieste eine der beiden heftig, sodass sich kleine Tröpfchen von außen auf ihre dünne Bluse hefteten, die bereits von innen mit Schweißperlen benetzt war.

Als der Bus endlich vor dem Institut hielt und Julie aussteigen konnte, wäre sie am liebsten wieder nach Hause gefahren, um ein Bad zu nehmen. Sie betrat den abgedunkelten Raum, und der erkaltende Stoff auf ihrem Rücken machte sie mutlos. Kaffee, ohne einen Kaffee würde sie das nicht aushalten in dem Kabuff.

Sie ging in den Flur und geriet in den Gegenverkehr einer Putzkolonne. Lachend und scherzend kamen sie ihr entgegen. Offensichtlich hatten sie nach der Nachtschicht Feierabend und freuten sich auf ihr Frühstück in der Cafeteria.

Sie schnappte kleine Wortfetzen auf. Im Vorbeigehen wurde sie vom Arbeitskittel einer Putzfrau gestreift. Sie sah den müden Ausdruck in ihren Augen. In diesem Alter sollte man eigentlich keine Nachtschicht mehr machen müssen, dachte Julie und blickte auf den schleppenden Gang der Frau.

Sie nahm sich einen Kaffee vom Tisch des Stationsraumes und kehrte zurück an ihren Schreibtisch. Sie begann damit, die Daten der Irrläufer aufzurufen.

»Ça va?«

Sie hatte Robert nicht kommen gehört. Er legte seine Hand auf ihre Schulter, und fast hatte sie das Gefühl, er müsse sich abstützen.

»Kannst du nicht anklopfen?«, wies sie ihn zurecht und richtete sich auf, um ihn abzuschütteln. Mit einem Blick auf die Zeitanzeige erfasste sie, dass es bereits Mittag war.

»Entschuldige«, sagte Robert.

Er nahm sich einen Stuhl und setzte sich ihr gegenüber. In dem fahlen Kunstlicht wirkte er noch blasser als sonst. Er hatte dunkle Ringe unter den Augen, und sein Krankenhauskittel wirkte genauso zerknittert wie seine Gesichtszüge.

»Wie ist dein erster Eindruck?«, fragte er.

Julie rieb sich die Stirn. Das Bild war alles andere als eindeutig. »Wenn du mich fragst, kriegen wir durch das Studium der Daten keine genauen Ergebnisse. Die Sensoren messen zwar vegetative Reaktionen, wir haben die Videobewegungsanalyse und die Sprachanalyse, aber wir haben zu wenig Information über kognitive und emotionale Abläufe bei den Patienten.«

Robert nickte.

Julie fuhr fort: »Ich habe mir die Daten von zwanzig Patienten angesehen. Bei neun ist der Abbruch der Diagnostik eindeutig nachvollziehbar. Herz-Kreislauf-Kollaps, epileptischer Anfall, emotionaler Ausbruch, die ganze Palette. Aber bei elf Patienten bleibt die Motivation für das Ausscheiden völlig im Dunkeln. Ich denke, wir müssen eine andere Strategie verfolgen. Vielleicht sollten wir uns vor Ort ein Bild von der Lage machen.«

»Wie meinst du das?«, fragte Robert. »Das ist doch viel zu aufwendig. Wofür haben wir denn die ganzen Daten der Diagnostik gesammelt?«

Julie atmete aus. Das hatte sie befürchtet. Mit Robert hatte sie ein Alphatier in ihrer Arbeitsgruppe, einen Mann, der von ihr keine Vorschläge annahm und sich schon gar nicht sagen lassen wollte, was zu tun sei.

»Aber«, unternahm sie einen neuen Anlauf, »wir werden so nichts rauskriegen! Letzte Woche zum Beispiel dieser Fall, dieser ›Fréijart‹ … dieser ›Abdul Fréijart‹ …« Julie holte seine Daten auf den Bildschirm. »Der ist hier einfach rausspaziert. Und das Seltsamste ist, ich konnte nicht mal rauskriegen, wie er zur Diagnostik gelangt ist. Ich konnte keine

Bewilligung, keine Einladung finden. Offensichtlich gab es im Vorfeld schon eine Fehlplanung. Wir sollten in der Aufnahmeabteilung der Diagnostik nachfragen.«

»Auf keinen Fall!«, erwiderte Robert. »Das ... das müssen wir erst mal intern klären.«

Er kam um den Schreibtisch herum. »Du siehst müde aus«, sagte er. »Was hältst du davon, wenn ich mich noch mal dransetze und versuche, die Aufnahmedaten zu finden?«

Julie lehnte sich zurück. Der plötzliche Vorschlag ärgerte sie. Als ob sie nicht selbst gut genug recherchiert hätte. Dann machte sich wieder der leichte Kopfschmerz bemerkbar, den sie den ganzen Vormittag über gespürt hatte.

»Ist gut«, sagte sie. »Versuch dein Glück. Wir sehen uns morgen Mittag um die gleiche Zeit.«

»Gleiche Zeit«, wiederholte Robert.

Julie verließ den Arbeitsraum. Sie schloss behutsam die Tür. Nur dann würde die Klimaanlage richtig arbeiten, und deren Hilfe würde Robert sicher gebrauchen. Er arbeitete Vollzeit im Krankenhaus, und obwohl er immer einer der Ersten war, der pünktlich nach Hause ging, sah er am nächsten Morgen nie erholt aus. Sie wusste nichts über seine Lebenssituation. Während andere nach den Wochenenden Fotos von Familienfeiern zeigten oder von ihren Ausflügen berichteten, saß Robert meist mit einem Kaffee am Tisch des Stationszimmers und schwieg.

Die Flure in der Résidence waren lang. Julie konnte sich die Zimmertür nur durch das spezielle Farbmuster des Türrahmens merken.

Eines Tages werde ich selbst in so einer Einrichtung landen, dachte sie und hielt die Lilien, die sie für ihre Mutter mitgebracht hatte, fester an ihren Körper gedrückt.

Blau und Orange. Das waren die Farben, die das *programme color personnel* für ihre Mutter berechnet hatte.

Nur für das Personal und für Besucher standen Name und die Patientennummer an der Tür. Rosalie Djann, 2174.

Julie öffnete sachte die Tür. »Maman«, flüsterte sie.

»Chérie.« Rosalie wandte den Blick vom Fenster ab und sah in ihre Richtung. »Komm her zu mir. Aber sei leise. Die Kinder schlafen.«

Julie betrat den Raum, wickelte die Blumen aus dem Papier und legte sie auf den Tisch. Sie nahm die leicht verblühten Rosen aus der Vase und warf sie in den Mülleimer neben dem Waschbecken. Sie reinigte die Glasvase mit fließendem Wasser und füllte das Behältnis halb voll. Mit den Lilien gefüllt stellte sie die Vase auf den Fenstersims, sodass ihre Mutter sie sehen konnte.

»Wo hast du nur die schönen Blumen her, Chérie?«, sagte Rosalie und blickte durch sie hindurch in die Bäume des angrenzenden Parks.

»Maman.« Julie drückte ihr einen Kuss auf die Stirn. »Geht's dir gut?«

»Ja«, sagte Rosalie. »Aber ich bin müde.«

Julie strich ihr mit der Hand eine Haarsträhne aus dem Gesicht.

Rosalie zuckte leicht.

»Ich habe den ganzen Tag im Zelt auf die Medikamente gewartet. Und diese Hitze. Drei Kinder sind gestorben heute, drei unschuldige Kinder.«

»Die Armen«, sagte Julie und nahm sich den Hocker, der neben dem Waschbecken stand. Sie setzte sich neben ihre Mutter, nahm ihre Hand in die ihre.

»Maman, wollen wir gleich mal zusammen runtergehen in den Speisesaal? Es gibt Quiche heute Abend. Die magst du doch.«

Rosalie nickte, und als sie Julie ansah, schien es eine ganze Weile zu dauern, bis sie sie wirklich sehen konnte. »Julie«, sagte sie, »da bist du ja endlich.«

Fréijart

Fréijart packte die letzten Plastikcontainer aus dem kleinen Lieferwagen. Der Aufkleber *médicaments urgents* erlaubte ihm das Parken an jeder Stelle der belebten Straße. Heute hatte er sogar einen der begehrten Parkplätze direkt neben der *Pharmacie Grenelle* ergattert. So machte ihm der Regen, der am Abend eingesetzt hatte, wenig zu schaffen. Die Medikamentenlieferungen waren erledigt. Er war früh dran. Wenn Bernard nicht wieder zu lange für die Abrechnung brauchte, konnte er sich noch einen Apéritif im Café nebenan genehmigen, bevor er wieder losmusste. Die Schachtel mit den Tabletten für Fardia spürte er in der Innentasche seiner Weste. Seit sie mit ihren Kindern nach Pantin, in die Banlieue, gezogen war, hatten die Depressionen eher noch zugenommen. Dabei hatten sie große Hoffnungen darin gesetzt, dass ein normales Umfeld sie stabilisieren würde. Allerdings war es schwierig, in dem Hochhaus in Kontakt mit anderen Bewohnern zu kommen. So hellhörig die Wände auch waren, hatte Fardia es in den vergangenen Monaten nicht geschafft, den Geräuschen aus den angrenzenden Wohnungen die Gesichter zuzuordnen, die ihr auf den Fluren begegneten. Und da sich niemand beschwerte, hatte sie auch aufgegeben, ihrem Sohn die Musik mit den wummernden Bässen zu verbieten, die aus seinem Zimmer kam, wenn die Jungs, die Fardia allesamt nicht kannte, bei ihm im Zimmer saßen. Nounou war noch zu klein für den Kindergarten. Auch darüber konnte sie keine Kontakte knüpfen.

Als Fréijart letzte Woche gekommen war, hatte er fünf Minuten auf die Klingel gedrückt, ohne dass die Kinder oder Fardia ihn gehört hatten. Nur als Jérôme die Wohnung verlassen wollte, gelang es Fréijart, der noch immer mit der

Hand an der Klingel stand, sich an ihm vorbei ins Innere zu schieben. Der Junge war kommentarlos an ihm vorbeigerannt in Richtung Aufzug.

Fréijart betrat das Hinterzimmer der *Pharmacie Grenelle*. Bernard war in die Listen auf dem Bildschirm vor ihm vertieft und wandte kaum den Kopf.

»Der Doktor will dich sprechen. Ich habe ihm gesagt, du wärst gleich im *Begnini.*« Fréijart sah auf die Uhr. Es war kurz vor sechs.

»Ist gut, ich geh schon mal rüber. Bist du nachher noch da? Ich kann das Geld dringend gebrauchen.«

Bernard nickte. Fréijart legte seine Lieferscheine neben ihn auf den überfüllten Schreibtisch. Er konnte sich schon denken, was der Doktor von ihm wollte. Wochenlang hatte er sich bemüht, ihn in die Diagnostik des *Hôpital Central* einzuschleusen. Und er hatte alles vermasselt. Merde! Die Panikattacke war so schnell und unerwartet gekommen wie immer. Wodurch war sie ausgelöst worden? Fréijart konnte sich nur noch schemenhaft erinnern. An den weißen fensterlosen Raum. An die Sitzfläche aus Kunststoff, die Armlehnen aus Metall, die Befragung durch die Untersucherin auf dem Bildschirm. Er erinnerte sich an die Darstellung der einzelnen Körperteile und wie sich plötzlich das Gefühl breitgemacht hatte, sein Körper würde sich zerlegen, wie von selbst, in die beschriebenen Teile. Schweißgebadet war er über den Flur und durch die Notfalltreppe, durch die er hereingekommen war, aus dem Gebäude geeilt.

Der Doktor, so wie alle ihn in der *Grenelle* nannten, musste das schon mitbekommen haben. Fréiiart wusste, dass er ohne gültige Diagnose keine Aussichten auf eine Operation haben würde. Er schluckte eine weitere kleine Kapsel. Schon die vierte heute. Solange er gute Beziehungen zu Bernard hatte, würde er es noch eine ganze Zeit lang ohne Operation aushalten.

Durch die Glastür des *Begnini* betrat er das kleine Café. Der Doktor saß bereits an seinem Stammplatz im hinteren Teil des Raumes, direkt neben der Durchreiche zur Küche. Er blickte auf.

Esme

Im Vorbeifahren konnte sie die Dächer des Olympiastadions sehen. Doch Esme versuchte, den Blick geradeaus zu halten. Es war schlimm genug, dass sie Bein an Bein mit dem schwitzenden Grauhaarigen saß, der unablässig vor sich hinmurmelte.

Seine Frau und ihre dunkelhaarige Tochter hatten sich rechts von ihr auf die Rückbank des Taxis gedrängt.Es war alles sehr schnell gegangen. Als ihre Eltern aufgefordert worden waren, sich in die Reihe für Balkan-Flüchtlinge zu stellen, war sie gerade von der Toilette zurückgekommen. In der allgemeinen Unruhe war sie hinter dem Rücken der Uniformierten unbemerkt zum Ausgang der Halle gelangt. Draußen auf dem Vorplatz standen mehrere Taxis.

Einige Taxifahrer waren bereits von Gruppen umlagert. Offensichtlich wurden Preise ausgehandelt.

An dem letzten Taxi in der Schlange erkannte sie die Familie, die mit ihr im Bus gewesen war. Das Mädchen hatte während der ganzen Fahrt die Kekse zerkrümelt, die ihnen nach der österreichischen Grenze von Menschen in Zivil zugesteckt worden waren. Bis zur Ankunft im Lager in München hatte sie sämtliche Kekse zwischen ihren Fingern zerrieben, jedoch keinen einzigen Krümel davon in ihren Mund gesteckt.

Esme näherte sich dem letzten Taxi und konnte einzelne Worte aufschnappen. »Seven hundred! …« »Too much …« »Dann eben nicht …« »But we have to go to Paris!« »Okay, then seven hundred …«

Ohne zu zögern, trat Esme hinzu und zeigte ihren kostbaren 100 €-Schein, ein Geschenk von Milena. »To Paris?«

Der Grauhaarige taxierte sie kurz, nickte, nahm ihr den Schein aus der Hand und gab dem Taxifahrer zu verstehen, dass der Preis damit akzeptiert sei.

Die wenigen Taschen waren schnell verstaut. Esme selbst trug nur ihren Stoffbeutel bei sich. Ihr Gepäck war bei ihren Eltern geblieben.

Das Taxi schaukelte leicht. Sie verließen das Stadtzentrum. In der scharfen Kurve zur Autobahnauffahrt wurde die Frau neben Esme mit dem Gewicht ihres ganzen Oberkörpers gegen sie gepresst. Mit aller Kraft versuchte Esme, die Neigung der Körper nicht nach links an den Grauhaarigen weiterzugeben.

Sie wusste nicht, wie lange die Fahrt dauern, nur, dass jede Minute des Eingepferchtseins für sie zur Belastungsprobe würde. Sie musste sich zusammenreißen. Möglichst wenig davon wahrnehmen, was links und rechts um sie vorging. Atmen, um die aufkommende Panik einzudämmen.

Während sie langsam ruhiger wurde, schaffte sie es, sich mit dem Rücken an das Polster anzulehnen. Vielleicht werde ich überleben, dachte sie und entfernte sich mit 180 Stundenkilometern von ihren Eltern.

Als Esme erwachte, regnete es leicht. Sie spürte einen starken Druck auf der Blase. Bislang hatte es noch keinen einzigen Halt gegeben, zumindest keinen, den sie mitbekommen hatte.

Auf einem Schild konnte sie ›Prochaine Sortie‹ entziffern und einen Ortsnamen, der mit einem Heiligen begann – »Saint Jean …«. Vorbei. Das musste bereits Frankreich sein.

Das Taxi bog auf einen Parkplatz ein. Der Fahrer richtete ein paar Worte an den Grauhaarigen.

In die Gruppe auf dem Rücksitz kam Bewegung. Auch der Beifahrer, der die ganze Fahrt noch kein Wort geredet hatte, stieg aus. Mutter und Tochter machten sich auf den Weg in Richtung eines kleinen Toilettenhäuschens, und Esme eilte ihnen nach. Sie hatte Bauchschmerzen. Das konnte der Hunger sein oder, noch schlimmer, sie könnte ihre Tage bekommen, jetzt, unterwegs und ohne darauf vorbereitet zu sein. Erleichtert stellte sie in der Kabine fest, dass ihre Befürchtung nicht eingetroffen war. Nachdem sie sich die Hände mit kaltem Wasser gewaschen hatte, bemerkte sie, dass sie mit dem Mädchen allein in dem Waschhaus verblieben war. Das Mädchen kam langsam aus ihrer Kabine und blickte sich um. Esme trat vom Waschbecken zurück und lehnte sich an die Tür zum Ausgang. Das Mädchen benetzte kaum die Hände mit Wasser, wischte sich diese am Stoff ihres Rockes ab und wandte sich zur Tür. Esme rührte sich nicht. Das Mädchen blickte zu Boden, trat von einem Fuß auf den anderen. »Fabiana«, konnten sie die mahnende Stimme ihrer Mutter von draußen hören. Das Mädchen presste die Lippen aufeinander und sah an Esme vorbei zur Tür. Esme zeigte auf die Tüte mit den Kekskrümeln, die in der Jackentasche des Mädchens steckte. Das Mädchen fasste in die Tasche, ergriff den Beutel und streckte ihn Esme hin, ohne sie anzusehen. Esme griff zu und gab die Tür frei. Das Mädchen zog sie auf, eilte nach draußen, und Esme konnte hören, wie sie von ihrer Mutter in einer fremden Sprache heftig ausgeschimpft wurde. Sie riss den zugeknoteten Plastikbeutel auf und schüttelte sich die trockenen Krümel in den Mund, schluckte, ohne zu kauen. Sie blickte in den trüben Spiegel über dem Waschbecken und erblickte ihr fahles Gesicht. Mit der Hand am Wasserhahn stillte sie den Durst und rannte nach draußen.

Gerade noch rechtzeitig vor dem Grauhaarigen konnte sie auf die Rückbank rutschen und ihren Platz einnehmen. Die Mutter des Mädchens würdigte sie keines Blickes. Fabiana sah aus dem Fenster.

Die Rücklichter des Taxis mischten sich unter die vielen anderen, die vom Gare de l'Est in Richtung Périphérique strömten. Esme zog den Reißverschluss ihrer Jacke ein Stück höher und hielt ihren Stoffbeutel nahe am Körper.

Der Grauhaarige, seine Frau und das Mädchen wurden erwartet. Zwei junge Männer stiegen aus einem Auto und umarmten sie wortreich. Als sie abgefahren waren, blieb Esme mitten auf dem breiten Gehweg stehen. Sie war geblendet von den hell erleuchteten Schaufenstern, den Restaurants mit ihren beheizten Terrassen. Auf großen hölzernen Auslagen wurden frische Austern angeboten. Mehrmals wurde Esme von dem dichten Strom der Passanten angerempelt, bis sie sich langsam mitschieben ließ, eine Richtung einschlug. Vor einem kleinen Tabakladen stand ein klappriger Gartenstuhl, auf den sie sich müde setzte.

Jetzt wurde ihr die Waghalsigkeit ihres Unternehmens bewusst. Wie sollte sie Milena in einer Stadt wie Paris finden? Sie ließ die Augenlider halb sinken, sodass die Farben und der Glanz der Lichter verzerrt wurden. Geld hatte sie fast keines mehr. Ihr Handy war ihr schon in Österreich gestohlen worden.

Plötzlich bemerkte sie, dass ein Junge sie musterte. Er lehnte an einer Plakatwand auf der anderen Straßenseite. Er war ungefähr in ihrem Alter. Auch er schien weder zu den geschäftigen Passanten noch zu den amüsierbereiten Nachtschwärmern zu gehören. Wie lange hatte er sie schon beobachtet? Langsam kam er zu ihr herüber, quer durch den dichten Verkehr. Er ließ sie nicht aus den Augen. Als er fast vor ihr stand, wandte er den Blick dem Tabakladen zu. Er betrat ihn zielstrebig, taxierte die Regale, schaute nach links zum Tresen, und als er kein Personal erblickte, griff er zu. Esme konnte sehen, wie er sich eine Handvoll bunter Schokoriegel in die Tasche steckte. Dann rannte er aus dem Laden. Esme rannte, so schnell sie konnte, hinterher. Er schien sich in der Gegend auszukennen. Bei nächster Gelegenheit bog er in eine kleine Seitenstraße, überquerte einen Hinterhof, und beide erreichten keuchend einen schmalen, kaum beleuchteten

Platz, an den ein eingezäunter Spielplatz grenzte. Der Junge setzte sich auf eine Bank. Esme blieb wenige Meter neben ihm stehen.

Er leerte seine Taschen und breitete seine Schätze auf der Parkbank aus. Süßigkeiten, Zigaretten, Erdnüsse, Pistazien in Plastikfolie gewickelt.

Mit einer Handbewegung lud er sie ein, sich zu setzen.

Die Sonne schien durch das Fenster und ließ das Ohr des Stoffhasen am Kopfende ihrer Matratze leuchten. Wie lange hatte sie geschlafen? Von Jérôme keine Spur.

Nach ihrem nächtlichen Picknick auf der Parkbank war sie mit ihm gegangen, durch die Straßen des 10. und 19. Arrondissements. An der Porte de Pantin hatten sie die Périphérique unterquert und waren in einem ruhigen Wohnviertel angekommen. Sie war ihm in eines der Hochhäuser gefolgt bis in den zwölften Stock, hatte mit ihm seine enge Wohnung betreten. Auf der Matratze, die auf dem Boden lag, war sie noch im Sitzen eingeschlafen.

Jetzt am hellen Tag konnte sie das Zimmer in Augenschein nehmen.

Die Einrichtung war spärlich. Auf einem halbhohen Tischchen standen Gläser mit Resten kalten Tees. Rechts neben dem Fenster befand sich ein Holzregal, in dem wenige Schreibhefte und Bücher, zusammengeknüllte Kleidungsstücke, kleine Dosen und Schachteln lagen. Auf dem Fußboden lag Jérômes Smartphone, nur eine Armlänge von ihr entfernt.

Hatte er ihr die Schuhe ausgezogen? Sie standen parallel an ihrem Fußende. Esme setzte sich auf. Sie hatte Durst. Barfuß ging sie durch das Zimmer und öffnete leise die Tür. Stille. Die Musik, die gestern Abend durch die Glastüre von gegenüber zu hören war, war verstummt. Sie bog nach links in den Flur und betrat die Küche.

Schmutzige Tassen stapelten sich im Waschbecken. Der Wasserhahn tropfte. Auf dem kleinen Tisch lagen Lebensmittel, Orangen, Milchpackungen, große Tüten mit Reis. Esme griff nach einer Orange. Sie drang mit dem Daumennagel durch die dicke Schale. »Ist der Anfang gemacht, geht es ganz einfach«, hatte Milena beim Schälen einer Frucht immer gesagt. Und das hatte sie auch betont, als sie ihre Heiratspläne bekannt gegeben hatte. Ihre Eltern waren nicht damit einverstanden gewesen, dass sie nach ihrem Au-Pair-Aufenthalt in Paris bleiben und Sahid heiraten wollte.

Das war jetzt zwei Monate her. Milena hatte regelmäßig Nachrichten und viele Fotos geschickt, die Esme bewunderte. Doch seit zwei Wochen war der Kontakt abgebrochen, und Esme hatte auf ihre vielen Nachrichten keine einzige Antwort mehr erhalten.

Der Orangensaft lief Esme über die Finger. Sie leckte sie einzeln ab. Auf der Suche nach einem Mülleimer für die Schalen öffnete sie die Türen der Küchenschränke. Einzelne Töpfe und trockene Putzschwämme lagen neben einem Mülleimer, der randvoll war. Esme legte ihre Schalen obenauf.

Als sie den Wasserhahn öffnen wollte, hörte sie Geräusche aus dem Zimmer mit der Glastür. Eine Frauenstimme rief nach Jérôme. Ungeduldig. Mehrmals. Dann verstummte sie wieder.

Auf Zehenspitzen huschte Esme zurück in das Zimmer, nahm ihre Jacke vom Fußboden, ergriff ihre Tasche und die Schuhe und steckte in einem plötzlichen Impuls Jérômes Handy ein. Ihre Schuhe zog sie sich mit immer noch klebrigen Fingern erst außerhalb der Wohnungstür an.

Sie nahm die Treppe. Fahrstühle waren ihr suspekt, und die Vorstellung, in einem von diesen Metallcontainern stecken zu bleiben, flößte ihr Angst ein. Ihre Tasche klopfte in schnellem Rhythmus an ihren Körper, als sie die Treppen abwärtseilte. Sie ärgerte sich, dass sie das Handy eingesteckt hatte. Ohne den Code würde es nutzlos für sie sein, und Jérôme war nett zu ihr gewesen. Zu spät. Sie drückte die schwere Haustüre auf und bahnte sich einen Weg durch abgestellte Autos, Müllsäcke und leere Einkaufswagen in Richtung Metro.

Julie

»Du meinst, wir sollen Fréijart einfach so durchgehen lassen?« Julie schob sich eine Gabel Spaghetti in den Mund. Sie blickte Robert erwartungsvoll an.

»Das müssen wir wohl. Ich konnte nichts in den Daten über ihn finden. Vielleicht war es nur eine Unachtsamkeit in der Verwaltung. Fehler passieren überall. Ein übermüdeter Mitarbeiter, der an der falschen Stelle auf ›löschen‹ statt auf ›speichern‹ gedrückt hat. Wer weiß das schon.«

»Hm«, erwiderte Julie und stocherte weiter in ihren Nudeln. Die Tomatensoße war mal wieder viel zu fettig. Sie bereute es, sich auf ein Essen in der Kantine verabredet zu haben.

»Aber hör mal«, setzte sie an. »Genau das ist doch unsere Aufgabe, solche Ungereimtheiten aufzudecken.«

»Das sehe ich anders«, entgegnete Robert. »Wir sollten uns lieber um die echten Irrläufer kümmern. Um Celine Pascal zum Beispiel, die für eine Nieren-OP vorbereitet wurde, obwohl sie an Endometriose leidet, oder Fabien Céleste. Ihm wurde eine Demenz attestiert, dabei ist er hochgradig depressiv. Solche Fälle verursachen hohe Kosten. Wir sollten neue Vorschläge erarbeiten. Die Interviews müssen differenzierter werden, wichtige Fragen fehlen oder werden falsch gestellt. Am besten, wir nehmen uns die Leitlinien zur Diagnostik noch mal vor.«

Julie stöhnte auf. Die Leitlinien waren von Expertenkommissionen in jahrelanger Arbeit erstellt worden. Sie füllten viele Seiten. Sie durchzuarbeiten, würde Tage dauern.

»Ich weiß nicht, ob wir da noch was verbessern können.«

Sie schob die Nudeln beiseite und stocherte in ihrem Salat.

»Auf jeden Fall sollten wir die *break downs* im Blick behalten. Nicht wenige kollabieren in der Diagnostik.

Ist unser Monitoring der vegetativen Daten denn wirklich ausreichend? Den Todesfall letzte Woche hätten wir verhindern können. Die Messdioden waren verrutscht. Die Bradycardie wurde viel zu spät registriert. Ich frage mich, ob die digitale Diagnostik hier nicht an ihre Grenzen stößt. Jeder halbwegs aufmerksame Untersucher hätte seinen Zustand besser interpretiert. Und der Patient würde heute noch leben.«

»Julie, du weißt, dass menschliches Personal für diese Personengruppe nicht im Etat enthalten ist. Diese Leute müssen froh sein, wenn sie überhaupt eine medizinische Behandlung erhalten. Ein Arzt, der bei der Aufnahme bereits mit ihnen spricht. Träum weiter, Julie, die Zeiten sind vorbei.«

Die Vehemenz seiner Äußerung ließ Julie verstummen. Was für eine abgebrühte Haltung. Doch als sie aufsah, nahm sie einen wehmütigen Zug um seinen Mund wahr. Er blickte an ihr vorbei aus dem Fenster und sah schon wieder so müde aus wie meistens.

»Was hat dich eigentlich dazu bewogen, bei dieser Untersuchungsgruppe mitzumachen, Robert? Ist es das Interesse an der digitalen Diagnostik, oder geht es dir um die wirtschaftliche Effizienz?«

Robert lachte auf.

»Vielleicht mag ich einfach nur dunkle klimatisierte Räume und deine Nähe. Komm, wir trinken bei Milaud noch einen Kaffee.«

»Warum nicht.«

Julie erhob sich. Über Robert etwas in Erfahrung zu bringen, war offensichtlich genauso schwer, wie verschwundene Patienten zu finden. Sie seufzte und brachte ihr Tablett mit den halbvollen Tellern zum Geschirrwagen.

Als sie sich wieder zu Robert umwandte, sah sie, wie sein Blick mit einem Lächeln auf ihr ruhte. Es war ihr nicht unangenehm.

Bei Milaud herrschte wie immer Hochbetrieb. Sie quetschten sich zwischen die anderen Gäste an der Theke. Es war viel zu laut, um ihre Unterhaltung fortzusetzen. Robert rührte zwei Löffel Zucker in seinen Kaffee und trank ihn in einem Zug aus. Julie nippte an ihrem. Sie liebte den Geschmack des schwarzen bitteren Getränks, und sie hatte es nicht eilig, zurück zur Arbeit zu kommen. »Dieser Fréijart …«, begann sie.

Doch in dem Moment klingelte Roberts Telefon. Er stellte sich etwas beiseite. Seine Miene verfinsterte sich.

»Ich muss los, ein … äh, bis dann, Julie«, sagte er. Er berührte kurz mit der Hand ihren Arm, drehte sich um und eilte zur Türe.

»Bis dann«, murmelte Julie. Sie trank ihren Kaffee aus und machte sich auf den Weg zurück ins Krankenhaus.

»Ça va?« Robert schob seinen Notizblock beiseite.

Fréijart nickte und nahm Platz. Der kleine Holzstuhl ächzte leicht unter seinem Gewicht. Isabelle stellte wortlos zwei Gläser Tee vor ihnen auf den Tisch.

»Es tut mir leid«, murmelte er. »Ich …«

»Schon gut.« Robert riss eines der Zuckertütchen auf, die in einem Schälchen auf der Mitte des Tisches standen, und lies den Zucker langsam in sein Glas rieseln. Nach dem zweiten Tütchen bildete sich eine dicke weiße Schicht auf dem Boden des karamellfarbenen Tees. Mit einem kleinen Metalllöffel rührte er langsam, fast zärtlich in dem Glas, bis die Kristalle durcheinandergewirbelt und aufgelöst waren.

»Es wird nur …«, und damit blickte er Fréijart ins Gesicht, »eine ganze Weile dauern, bis ich dich wieder in die Diagnostik einschleusen kann.«

Fréijart nickte.

»Es ist ein schwieriger Zeitpunkt. Letzte Woche wurde eine Untersuchungskommission ins Laufen gebracht. Noch ahnt keiner etwas von unseren Transfers. Es geht um die Versorgung allgemein. Aber es werden sämtliche Patientendaten überprüft. Ohne eine Anmeldung kann ich dich nicht noch mal reinbringen. Geht's denn noch mit den Schmerzen?«

»Für eine Woche hätten die Tabletten noch gereicht. Aber jetzt …« Fréijart verstummte.

Robert blätterte in seinem Notizblock und legte ein zerknittertes Rezept auf den Tisch. »Hier. Die Morphine müssten für vier Wochen reichen. Und bis dahin … Wir werden sehen, was sich machen lässt.« Er blickte auf. »Und Fardia? Kommt sie zurecht?«

Fréijart lehnte sich zurück. Wenigstens von Fardia hatte er gute Neuigkeiten. Bei seinem letzten Besuch hatte sie ihm erzählt, dass sie nachts wieder schlafen konnte. Am Tag davor hatte sie sogar einen Orangenkuchen gebacken. Fréijart hatte ihr zuliebe ein großes Stück gegessen und eine Weile zugehört, wie sie von ihrem Sohn erzählte. Jérôme hatte einen Aushilfsjob im Marché Voltaire gefunden, und sie wurde nicht müde, das als gutes Zeichen für seine berufliche Karriere zu beschreiben.

»Sie scheint sich langsam zu erholen. Die Tabletten tun ihre Wirkung.«

»Gut. Dann ist hier ein neues Rezept für sie. Sag ihr, sie soll die Tabletten regelmäßig einnehmen. Es wäre verfrüht, das Medikament schon wieder abzusetzen.«

»Danke, Doktor.«

Fréijart steckte das Rezept zu seinem eigenen. Er stützte sich mit einer Hand auf der Tischplatte und mit der anderen auf der Sitzfläche ab, um wieder ins Stehen zu kommen.

»Danke«, wiederholte er.

Robert registrierte die eingeschränkte Beweglichkeit des Mannes.

»Ich sage im *Grenelle* Bescheid, wenn es für dich weitergeht.«

»Ist gut«, sagte Fréijart. Er war erleichtert, dass er beim Aufstehen den stechenden Schmerz hatte vermeiden können. »Bernard weiß, wo er mich finden kann.«

Nachdem Fréijart gegangen war, begann Robert, in kleinen Schlucken seinen Tee zu trinken. Er war müde. In einer halben Stunde würde er sich auf den Weg machen müssen. Die anderen würden ihn wie immer im OP erwarten. Wenn er Glück hatte, würden heute keine Notfälle dazukommen. So würde er nur vier Operationen durchführen. Handchirurgie. Es gab viele Geflüchtete oder illegale Arbeiter, die mit schlecht verheilten Verletzungen, Folgen von Unfällen oder Gewalt über die Organisation zu ihm kamen. Letzte Nacht hatte er die Nervenfasern eines jungen afghanischen Mannes zusammengenäht, die dieser sich beim Überklettern eines Stacheldrahtzaunes durchtrennt hatte. Mit etwas Glück würde er die Finger in ein paar Wochen wieder bewegen können.

Die meisten seiner Patienten waren allerdings Menschen, die schon länger in Frankreich lebten und aufgrund ihrer Herkunft keine Aufenthaltsgenehmigung erhielten. Die Gelegenheits- oder Saisonarbeiten, mit denen sie sich über Wasser hielten, fanden nicht selten an ungesicherten Maschinen oder im Kontakt mit gesundheitsgefährdenden Stoffen statt.

Abgetrennte Finger, gequetschte Hände, verätzte Hautareale, Schussverletzungen, die Bandbreite der Diagnosen war groß. Robert konzentrierte sich auf den Geschmack und die Farbe seines Tees, um die aufsteigenden Bilder zurückzudrängen. Von Tag zu Tag stieg die Anzahl der Patienten, die von der Organisation ins Krankenhaus eingeschleust wurden, und es wurde immer schwieriger, Ärzte dafür zu gewinnen. Die Gefahr, entdeckt zu werden, war groß. Entlassung oder gar der Verlust der Zulassung drohten. Wer wollte schon freiwillig ein solches Risiko eingehen?

Vielleicht würde es auch für ihn bald an der Zeit sein, aufzuhören. Erst gestern Abend hatte ihn Sonja am Telefon wieder bearbeitet. Er solle endlich Paris verlassen und zu ihr und Jonas nach Dubai kommen.

»Wie lange willst du noch den Helden spielen? Bis jetzt hast du Glück gehabt, Robert. Aber das wird eines Tages auffliegen. Und was willst du dann machen? Was soll ich Jonas erzählen? Er fragt immer häufiger nach dir. Zwei Jahre sind wir jetzt schon weg und …«

»Noch einen Tee?«

»Nein, danke, Isabelle.« Robert schenkte ihr ein kurzes Lächeln. Er war dankbar für die Unterbrechung seiner

Gedanken. Er konnte die anderen jetzt nicht im Stich lassen. Dass Edouard ausgerechnet jetzt die Untersuchung gestartet hatte, erschwerte die Situation. Mit etwas Glück würde er die Vorgänge in der Diagnostik verschleiern können. Aber nun mit Julie, es war nicht leicht, ihr etwas vorzumachen. Sie hatte einen scharfen Blick für Unstimmigkeiten. Er würde sich etwas einfallen lassen müssen, um ihren Argwohn zu glätten.

Er legte Kleingeld auf den Tisch, packte sein Notizbuch in seine Aktentasche und verließ das Café.

Esme

Die Metro ratterte. Esme schreckte hoch. Ein Mann mit einem dickfelligen, schwarzen Hund hatte sich neben sie auf den Sitz gedrängt. Der Hund kauerte auf dem Boden und hechelte. Aus kleinen Speicheltropfen bildete sich allmählich eine Pfütze neben ihrem Fuß. Sie presste ihre Beine stärker aneinander. Noch drei Stationen bis ›Ourcq‹, las Esme auf dem Schild der Metrostation. Sie hatte gelacht damals mit Milena über den seltsamen Namen. ›Ourcq‹, so hatte sie ihn sich wenigstens merken können. Eine genaue Adresse hatte sie nicht. Allerdings hatte Milena oft von dem Café erzählt, in dem sie Sahid kennengelernt und sich später auch ab und zu mit einer Freundin getroffen hatte. Sahid hatte damals Zeitungen ausgeliefert, um sich sein Studium zu finanzieren. Und eines Morgens hatte er ihr einen ganzen Packen Le Monde direkt vor die Füße fallen lassen, als sie gerade an der Theke ihren *Grand Crème et une brioche* zu sich nahm. Es war Liebe auf den ersten Blick gewesen. Von dem Tag an hatten sie täglich zusammen gefrühstückt und nach vier Wochen war sie bei ihm in das Ein-Zimmer-Appartement eingezogen. Esme hatte von Milena noch nie so glückliche und überschäumende Nachrichten bekommen wie in den darauffolgenden Wochen. Die Heiratspläne schienen eine logische Konsequenz. Sahid studierte Maschinenbau im höheren Semester, sie würden sich bald eine größere Wohnung leisten können. Esme war froh gewesen, dass Milena durch die Heirat eine Aufenthaltsgenehmigung erhalten würde. Alle Zeichen waren gut gestanden. Bis der Kontakt ohne Vorankündigung abgebrochen war.

Bei der Einfahrt in die Station schob sich Esme vorsichtig an der Hundeschnauze vorbei zur Waggontüre. Als sie sich öffnete, wurde sie in einer Menschentraube aus dem Wagen geschoben. Hinter einer Frau, die zwei kleine Kinder auf dem Arm hielt, konnte sie unbemerkt die Absperrungen passieren.

Sie atmete auf, als sie wieder im Tageslicht war. Das Café du Midi lag im Süden. Langsam ging Esme die Rue de l'Ourcq bergan.

In dem Café herrschte reger Betrieb. Die Glastüren an beiden Seiten des Eckhauses waren geöffnet, und Tische standen in der Herbstsonne der Straße. Die Besucher des Cafés drängten sich jedoch am Tresen. In dieser Gegend waren keine Touristen unterwegs, und die Anwohner würden ihr Geld nicht auf der Terrasse eines Cafés an der Ecke verschwenden.

Am Ende der Bar, direkt an der Wand, war ein Hocker frei. Esme schob sich durch die Schlange der Kunden, die an der Kasse Zigaretten und Lose kauften. Sie setzte sich vorsichtig auf den Barhocker. Die Männergruppe neben ihr drehte ihr den Rücken zu, und sie atmete erleichtert auf. Außer der Orange am Morgen hatte sie noch nichts gegessen. Sie verspürte ein flaues Gefühl in der Magengegend. In greifbarer Nähe vor ihr auf dem Tresen stand eine kleine Vitrine mit Brioches, Croissants und Sandwiches. Das Wasser lief ihr im Mund zusammen. An der Theke war keine Bedienung in Sicht. Sie lehnte sich nach vorne. Die Vitrine war an der Rückseite offen. Wenn der Dicke neben ihr sich noch weiter über den Tresen lehnte, könnte sie im Schutz seiner Masse leicht das äußerste Sandwich erwischen.

»Mademoiselle?« Zu spät.

»Einen Kaffee und ein Sandwich, bitte«, bestellte sie und richtete sich wieder auf dem Hocker auf.

Der Kellner griff nach einem der belegten Baguettes und setzte es auf einem Teller vor Julie ab.

»Voilà, Mademoiselle«.

»Merci.«

Wie leicht doch diese Sätze funktionierten. »Un café et un sandwich, s'il vous plaît.« Wie viel Spaß hatten sie und Milena gehabt, als sie zusammen Französisch lernten. Milena hatte darauf bestanden, alle Lektionen nachzuspielen. Und so standen sie in der kleinen Küche im Haus ihrer Tante, Milena hatte sich ein Geschirrtuch umgebunden. Esme sollte der Gast sein. Schon beim ersten Satz »Vous désirez?« waren sie in schallendes Gelächter ausgebrochen. Die Texte waren so fernab ihrer Realität. Niemals zuvor waren sie in einem richtigen Café gewesen. Kaffee gab es an Sonntagen, wenn die Verwandten nachmittags zusammentrafen. Ihre Tante hatte meist Kuchen gebacken. Und ihre Verwandten aus den Nachbardörfern kamen um drei Uhr, drängten sich um den Wohnzimmertisch und hielten ihren üblichen Tratsch über die Nachbarn im Dorf.

Nur einmal im Monat machte auch Milenas Mutter den weiten Weg von Sarajewo. Sie war meist müde, legte sich bald aufs Sofa und schlief ein. Und früher als die anderen musste sie wieder aufbrechen. »Seid brav bei Tante Soljana«, war ihr üblicher Abschiedsspruch, bevor sie ihre Töchter küsste und sich wieder auf den Weg zur Bushaltestelle machte. Als sie ihren zweiten Mann kennenlernte, waren die Besuche seltener geworden.

Und nun war Esme in der Welt dieser Sätze gelandet. In der Welt, die Milena von Anfang an nicht mehr losgelassen hatte. Als der Französischkurs in der Schule angeboten wurde, hatte sie so lange gebettelt, bis sie mit Esme teilnehmen durfte. Und die Sehnsucht, diese Welt zu suchen und zu finden, war mit jeder Lektion, mit jedem gespielten Dialog größer geworden. Eine Welt außerhalb des bosnischen Dorfes, unvorstellbar. »Vous désirez?« Was für eine Frage. In ihrem ganzen Leben waren Esme und Milena nie nach ihren Wünschen gefragt worden. Ein Land, in dem solche Fragen gestellt wurden, das wollte sie kennenlernen. Als die Lehrerin dann von der Möglichkeit erzählt hatte, als Au-Pair in Frankreich zu arbeiten, war Milena nicht mehr zu halten gewesen. »Ich verlasse dieses dreckige Dorf«, hatte sie Esme anvertraut, und als diese in Tränen ausgebrochen war, hatte sie sie in die Arme geschlossen und getröstet. »Wenn ich genug Geld verdient habe, kommst du nach, und dann leben wir in Frankreich.«

Das Sandwich war lecker gewesen. Esme leckte ihren Mittelfinger ab und tippte auf die letzten Krümel, die noch auf dem Teller lagen. Sie kaute sie gewissenhaft, schluckte und sah sich um. Mit Ausnahme der Frau an der Kasse waren nur noch Männer im Café. Sie standen in kleinen Gruppen und debattierten lautstark, in schnellem Tempo, sodass Esme nicht verstehen konnte, worum es ging.

An den Wänden hingen vergilbte Fotokalender, die unterschiedliche Monate anzeigten. Bilder von Autorallyes, Bergpanoramen und Sonnenuntergänge. Alles in allem passend zu den schäbigen Sitzbänken.

Ein dunkler Wagen parkte direkt an der Terrasse des Cafés. Ein junger Mann stieg aus und kam auf die Gruppe neben ihr zu.

»Salut, Sahid, du kommst spät heute«, wurde er von dem Dicken begrüßt.

Esme griff nach ihrer Kaffeetasse.

Jérôme

Jérôme schwitzte. Seine Hände schmerzten. Er wuchtete den letzten Kartoffelsack von der Ladefläche des Transporters. Seine Schultern konnte er schon gar nicht mehr spüren.

Seit er um halb fünf auf dem Großmarkt begonnen hatte, zunächst Kisten mit Auberginen, dann Kartoffeln zu schleppen, war sicher schon über eine Stunde vergangen. Gleich würde er sich bei Josef, dem Vorarbeiter, melden, und wenn er Glück hatte, durfte er noch eine Weile in der Markthalle arbeiten. Dort mussten Stände eingeräumt und Waren dekoriert werden. Eine leichte Arbeit im Vergleich zur Lagerhalle. Er sah auf die große Uhr, die im gläsernen Büro des Vorarbeiters hing. Gleich sechs Uhr. Vielleicht blieb ihm eine kurze Pause.

Er trat aus der Lagerhalle und lehnte sich an die kühle Wand, von der der Verputz in großen Stücken abblätterte. In seiner Hosentasche konnte er die halbvolle Schachtel mit den Zigaretten fühlen. Gut. Er konnte sich eine kurze Auszeit leisten. Seit er bei Josef vor drei Wochen angefangen hatte, hatte es nie Ärger gegeben. Meist hatte Josef am Ende seiner Schicht kurz anerkennend genickt und ihm aus dem Bündel Scheine, das er lose in seiner Jacke verstaute, einen korrekten Lohn gezahlt.

Die Sonne war gerade hinter dem gegenüberliegenden Lagerschuppen aufgegangen. Und obwohl es bereits September war, wärmten ihn die Strahlen. Jérôme griff in die Tasche, nahm eine der zerdrückten Zigaretten aus der Packung, zündete sie an und nahm einen tiefen Zug.

Das Mädchen gestern hatte gehustet. Obwohl sie ohne Zögern zugegriffen hatte, als er ihr die Zigarette angeboten hatte. War wohl ihre erste gewesen.

Sie hatte die Zigarette mit spitzen Fingern gehalten, wie ein seltenes Insekt, und gleich nach dem ersten Zug losgehustet. Tränen waren ihr in die Augen getreten. Die weiteren Züge hatte sie nur gepafft , wobei sie vor sich auf den Boden gesehen hatte.

Dann war sie aufgesprungen, und es hatte für einen Moment den Anschein, als ob sie gehen wollte.

»Ich heiße Jérôme«, hatte er schnell gesagt. »Bist du hier aus dem Viertel?«

Sie hatte den Kopf geschüttelt und sich wieder auf die Bank gesetzt. Sie nahm von den Erdnüssen, steckte sich eine nach der anderen in den Mund, bis die Tüte leer war.

»Wo wohnst du?«

Sie zuckte mit den Schultern.

»Ich heiße Esme.«

Sie erwiderte für einen kurzen Moment seinen Blick. Für einen Moment, der lang genug war, dass er sehen konnte, dass ihre Augen braun waren und sich Reste von Wimperntusche in ihren Augenwinkeln gesammelt hatten. Dann sah sie wieder zu Boden.

Er hatte die Kaugummis und Zigaretten wieder in seiner Jackentasche verstaut und war aufgestanden.

»Komm mit.«

Den ganzen Weg über zum Appartement seiner Mutter hatten sie geschwiegen.

Vielleicht würde sie später am Vormittag, wenn er zurück wäre, mehr erzählen. Als sie ankamen, war sie wie ein Stein auf das Bett gesunken und eingeschlafen. Jérôme musste grinsen. Im Schlaf hatte sie unverständliche Worte gemurmelt und dann wie selbstverständlich nach dem Stofftier gegriffen, das Nounou, seine kleine Schwester, auf der Matratze liegen gelassen hatte.

Er würde den Jungs schreiben, dass er heute nach der Arbeit nicht zu Achmed käme. Er griff in seine Hosentasche. »Mist!« Sein Handy hatte er zuhause liegen gelassen.

Julie

Der Rhythmus hatte sich eingespielt. Die Vormittage verbrachte Julie in dem kleinen Arbeitsraum im Untergeschoss des Krankenhauses. In den Mittagspausen traf sie Robert. An einem Tisch an der Fensterfront der Kantine besprachen sie gewöhnlich die Ergebnisse.

Die Nachforschungen der ersten Woche hatten Schwachstellen in der Diagnostik aufgezeigt. Julie hatte sich die Interviews im Detail vorgenommen und mit der linguistischen Auswertung begonnen. Viele der Patienten sprachen Französisch nicht als Muttersprache und würden mehr visuelle Hilfen und Übersetzungsoptionen benötigen.

Julie studierte den Menüplan an der Essensausgabe. Freitag. Diverse Salate, *Coq au Vin, Cassoulet*. Wenn man nur die Überschriften las, konnte man meinen, in einem Sternerestaurant zu sein. Allerdings hatte Julie genug Erfahrung mit der Kantine, um zu wissen, dass die wohlklingenden Versprechen oft nicht eingehalten wurden.

Wo blieb nur Robert? Meist kam er im letzten Moment. Oder fünf Minuten zu spät. Sie entschied sich für einen Kaffee und den Nachtisch. *Crème brûlée*. Frédéric würde heute Nachmittag aus Genf zurückkommen. Wahrscheinlich würden sie am Abend etwas essen gehen. Am Telefon hatte er entspannt geklungen. Offensichtlich war der Kongress für ihn gut verlaufen.

Julie setzte sich an ›ihren‹ Tisch in der Ecke. Das Wochenende versprach, schön zu werden. Die Herbstsonne schien schräg durch die Scheiben und durchflutete den größten Teil des Raumes. Nach den Stunden im klimatisierten Halbdunkel genoss Julie die Sonne auf dem Gesicht. Sie schloss die Augen.

»Darf ich?«

Marie-Claire war an sie herangetreten. Sie trug ein volles Tablett und hatte sich bereits gesetzt, bevor Julie antworten konnte.

»Aber bitte, nimm Platz.«

»Endlich«, seufzte Marie-Claire. »Ich dachte schon, diese Woche geht nie zu Ende.« Sie machte sich an ihrem Salat zu schaffen. »Kommt ihr gut voran?«

Julie lächelte. »Ja, es geht voran. Unseren ersten Bericht hat Robert dir ja schon geschickt.«

Marie-Claire nickte, schob den Salat beiseite und ging zum Hauptgericht über.

»Es ist unglaublich«, sagte Julie, »wie viele Möglichkeiten für Missverständnisse in der verbalen Kommunikation stecken.«

»Hm.«

»Manchmal zweifle ich daran, ob die Diagnostik ohne menschlichen Kontakt überhaupt zielführend ist.«

Marie-Claire blickte sie fragend an.

»Ich frage mich, ob nicht manchmal das Ungesagte, ein Zögern oder ein Blick, viel mehr Auskunft über den Zustand eines Patienten gibt. Es gibt noch so viele Defizite in der Empathiefähigkeit unserer Computersysteme.«

»Da solltest du dir keine Sorgen machen, Julie, Edouard wird aus Genf ein tolles Programm für die psychosoziale Diagnostik mitbringen.« Marie-Claire strahlte.

Julie bemühte sich, ein Lächeln aufzusetzen. Die Begeisterung Marie Claires für Edouard sorgte bereits für Gesprächsstoff am Institut.

»Das ist doch eine tolle Arbeit, die ihr da macht«, fuhr Marie-Claire fort. »Denk nur, wie viele Kosten wir einsparen werden und wie intelligent diese Systeme sind. Der digitale Arzt wird uns eines Tages besser und vor allem schneller verstehen als jedes menschliche Wesen.«

Der Rest ihrer Mahlzeit verlief schweigend. Zum Abschluss trank Marie-Claire ein Glas Multivitaminsaft in einem Zug und blickte Julie erwartungsvoll an.

»Wie dem auch sei«, bemerkte Julie. »Wir halten dich auf dem Laufenden.« Sie blickte sich suchend um. Noch immer keine Spur von Robert. »Die vorläufigen Änderungen für die Spracheingabe stehen ja bereits im Bericht. Und der Nachforschungsantrag für Fréijart ist ja auch auf deinem Tisch gelandet.«

»Welcher Fréijart?« Marie-Claire erhob sich. »Ich muss los. Bis Montag. Grüß Frédéric von mir.«

Sie griff nach ihrem Tablett, bedachte Julie mit einem strahlenden Lächeln und eilte Richtung Ausgang.

Esme

Das Gespräch der Männer am Tresen war verstummt. Einer nach dem anderen legten sie eine Münze auf die Theke, klopften Sahid auf die Schulter und verließen das Café. Der letzte drückte ihm dabei einen dicken Umschlag in die Hand, den Sahid unbesehen in seine Jackentasche steckte.

Er bestellte einen Kaffee und ließ den Blick entlang der Theke bis zu Esme wandern, die ihn unverwandt anstarrte. Sie verzog keine Miene. Wie man ein Tier im Zoo betrachtet, so taxierte sie ihn, versuchte jede seiner Bewegungen zu erfassen und seine Gesichtszüge zu studieren.

Sahid wandte sich brüsk ab, kramte in seiner Hosentasche, legte eine Münze auf den Tresen und hatte ihr bereits den Rücken zugekehrt, als sie ihre Frage formulierte.

»Sahid?«

Er hielt inne.

»Sahid?« Diesmal klang der Name deutlicher. Lauter.

Er wandte sich um. »Hör mal, wenn du was kaufen willst. Hier ist nicht der richtige Ort«, zischte er leise zwischen den Zähnen hervor.

»Wo ist Milena?«

Esme stand auf. Sie war fast so groß wie er, wobei ihr graziler Körper gegenüber Sahids gedrungener Statur fast zerbrechlich wirkte.

Er wurde blass.

»Esme«, stellte er fest. Er kniff die Augenwinkel leicht zusammen. »Die kleine Esme. Wie zum Teufel kommst du hier her? Wo sind deine Eltern? Was …?«

Er brach ab und sah sich im Café um.

»Komm mit. Wir gehen. Ich erklär dir alles. Zuhause, nicht hier.«

Mit einem Blick auf die Kaffeetasse, die sie immer noch in der Hand hielt, und den Teller auf der Theke, legte er noch weitere Münzen auf den Tresen und warf ihr einen auffordernden Blick zu.

Gemeinsam verließen sie das Café. Sein Appartement lag nur wenige Hauseingänge entfernt. Beim Betreten wurde Esme an die Fotos erinnert, die Milena geschickt hatte. Das große Bett, auf dem die marokkanische bunte Decke lag, ein von Milena bemalter Paravent, der kleine Tisch in der Fensterecke, den Milena für das Foto so festlich gedeckt und an dem Sahid lächelnd gesessen hatte. Der Tisch war jetzt vollgestellt mit Büchern, leeren Pizzakartons und einem überquellenden Aschenbecher.

»Willst du Tee?«

Sahid machte sich an der schmalen Küchenzeile zu schaffen. Esme blieb mitten im Zimmer stehen. Mit wenigen Bewegungen räumte Sahid den Tisch frei. Er füllte zwei Gläser mit Tee aus einer Thermoskanne und stellte sie auf den Tisch.

»Esme, du hast es also geschafft. Milena hat viel von dir erzählt. Und dass sie dich da rausholen will.«

Er setzte sich und rührte Zucker in seinen Tee.

»Wo ist Milena?« Esme war an den Tisch herangetreten. Sie machte keine Anstalten, sich zu setzen.

»Ich wünschte, ich wüsste es.«

Sahid schloss für einen Moment die Augen, öffnete sie aber sofort wieder, als Esme sich über den Tisch beugte und mit einer Handbewegung ihr unberührtes Teeglas vom Tisch wischte. Das Glas zersprang am Fenster. Glitzernde Scherben und dunkle Tropfen verteilten sich über die Fensterbank.

»Das kann nicht sein. Milena war hier. Bei dir. Und jetzt ist sie weg. Sag mir, wo sie ist!« Esme ergriff eine der größeren Scherben und hielt sie drohend vor sich.

»Esme. Was soll ich machen? Ich bin am Ende. Milena ist verschwunden. Ich habe keine Ahnung, wo sie ist. Vielleicht einen Verdacht. Ja. Aber …«

»Hast du die Polizei eingeschaltet?«

»Die Polizei? Esme! Bist du verrückt? Milena war hier in Deals verwickelt. Da kann ich nicht einfach zur Polizei spazieren und sagen ›Pardon, meine Freundin ist verschwunden. Suchen Sie mal, bitteschön.‹ Esme, was denkst du eigentlich, was hier läuft?«

»Was? Was für Deals? Was läuft hier?« Ihre Stimme hallte schrill.

»Und überhaupt.« Sahid sprang auf. »Ich muss noch mal los. Muss dringend was abgeben. Sonst komme ich in verdammte Schwierigkeiten. Und die Chance, Milena wiederzufinden, wird noch geringer.«

Esme ließ die Hand mit der Glasscherbe sinken.

»Esme. Bitte. Warte hier auf mich. Ich bin in einer Stunde wieder hier. Und geh auf keinen Fall mehr in das Café. Bitte. Mach, was ich dir sage.«

Esme ließ ihre Hand sinken und steckte die Scherbe in ihre Jackentasche. Sie setzte sich und stützte den Kopf in ihre Hände. Vorsichtig schob Sahid sein volles Teeglas auf ihre Seite des Tisches. Dann fühlte er mit der Hand nach dem Umschlag in seiner Jacke und verließ die Wohnung.

Esme starrte in das Teeglas vor sich. Die Wucht der Enttäuschung war groß.

Durch das Fenster drangen Geräusche in das Appartement im ersten Stock. Straßenverkehr. Kinderstimmen. Der Klang, wenn schwere Autos über einen losen Gullideckel fahren. All diese Geräusche musste auch Milena gehört haben an den vielen Tagen, die sie hier verbracht hatte. Sie betrachtete die Farben auf dem Paravent und an den Wänden. Große Bögen weißen Papiers waren mit Reißzwecken an den Wänden über einer alten Tapete befestigt. Darauf waren mit Wasserfarben bunte Flächen gestaltet. Esme erkannte Milenas unbesorgte Vorgehensweise. ›Wenn die Welt nicht bunt ist, muss man sie einfach anmalen‹, war ihre Devise, und das hatte sie offensichtlich auch in diesem dunklen Appartement geschafft. Esme schloss die Augen.

»Milena«, flüsterte sie. »Milena, Milena, Milena …«, trommelte sie mit den Fingerspitzen auf den Tisch, wie um einen Zauber auszulösen, der Milena in ihrer Gestalt zur Erscheinung brächte.

Ein Schlüssel drehte sich im Schloss. Sahid? Die Stunde war noch lange nicht um. Sie hörte, wie sich zwei Männer lautstark unterhielten und im Begriff waren, den kleinen Flur zu betreten. Offensichtlich rechneten sie nicht damit, dass sich jemand in der Wohnung befand. Esme sprang auf. Mit der Geschwindigkeit und Lautlosigkeit einer Katze sprang sie quer durch das Zimmer und versteckte sich hinter dem Paravent.

Sie konnte hören, wie in der Küche Schubladen aufgezogen und unsanft wieder zugestoßen wurden.

»Putain, merde«, fluchte einer der beiden und betrat das Zimmer. »Er ist schon weg. Denkt wohl, er kann uns reinlegen.«

Esme hielt die Luft an. In ihrer Tasche begann Jérômes Handy zu klingeln.

Jérôme

Jérôme war wütend. Sie hatte ihn weggedrückt. Gleich nach dem ersten Klingeln.

»Saloppe!«

Achmed und Ismael feixten.

»Mach dir keine Hoffnungen. Die bist du los. Wie kann man nur so blöd sein, eine von der Straße aufzulesen. Hey, vergiss sie, Jérôme! Wir holen dir ein neues Handy. Jojo hat gestern welche reinbekommen.«

Sie grinsten. Jérôme gab Achmed das Handy zurück und verdrehte die Augen. Dann fixierte er den Wasserstrahl im Springbrunnen in der Mitte des Platzes, dem ›Ort der Begegnung‹, wie der Bürgermeister des Stadtteils bei der Eröffnung so feierlich deklamiert hatte. Der Brunnen sollte wohl darüber hinwegtäuschen, dass seit Jahren keine Investitionen mehr im Stadtteil getätigt wurden. Ort der Begegnung, dachte Jérôme, der die Rede im vergangenen Jahr zufällig vor Ort miterlebt hatte. Wer sich umsah, konnte sehen, dass sich große Ansammlungen von Müllsäcken mit leeren Einkaufswagen begegneten. Streunende Hunde und wilde Katzen jagten sich auf den vertrockneten Grünflächen, die so verdreckt waren, dass Mütter ihren Kindern strikt verboten, sie zu betreten. Die Jungs aus den Hochhäusern trafen hier ihre Kunden und regelmäßig auch auf Polizisten, die routinemäßig ein paar Festnahmen vornahmen.

Auf der einzigen noch intakten Parkbank traf er fast täglich Achmed und Ismael. Sie saßen gewöhnlich unter den missbilligenden Blicken der Passanten auf der Rückenlehne der Bank, mit den Schuhen auf der Sitzfläche. Mal mit, mal ohne etwas Gras. Je nachdem, was Ismael noch übrig hatte.

Heute gab es nichts zu rauchen. Kein Gras, selbst der Tabak war alle. Und Esme war verschwunden.

Aus den Augenwinkeln sah Jérôme, wie Achmed einen letzten Schluck Cola aus der Plastikflasche nahm, sie zusammenknüllte und hinter sich warf.

»Mann, ihr seid so öde heute«, maulte Achmed. »Ist einer gestorben oder was? Ich geh zu Manou, bisschen Spaß haben. Kommt ihr?«

Auch Ismael erhob sich.

»Komm schon, Jérôme. Deine Prinzessin können wir später noch mal anrufen.«

»Geht ihr mal. Hab noch zu tun.«

Jérôme wandte den Blick nicht von der Fontäne, die jetzt im Sonnenlicht einen flackernden Regenbogen erzeugte. Er hatte keine Lust, schon wieder bei Manou abzuhängen. Außerdem musste er seine Schwester abholen. Wenn er nicht käme, würde sie bestimmt wieder kein Mittagessen bekommen.

Fréijart

Fréijart bremste ruckartig. Gerade noch rechtzeitig. Die Morphine wirkten. Die Schmerzen in seiner linken Hüfte waren nur noch ein leichtes Ziehen, hatten fast etwas Tröstliches. Streng genommen dürfte er sich mit dieser Dosis nicht mehr hinter das Steuer setzen. Aber wer hätte sonst den Transport übernommen? Bernard jammerte schon seit Wochen, dass er nicht mehr genug Fahrer für die speziellen Jobs hatte. Für die Routen, bei denen nicht nur legale Transporte stattfanden, sondern auch Adressen beliefert wurden, die nicht auf der Abrechnungsliste standen. Die Adressen, die auf kleinen handbeschriebenen Zetteln vermerkt waren, waren nach der Zulieferung umgehend zu vernichten . Selbst Bernard wusste nicht, woher die Medikamente genau kamen. Ärzte oder Krankenschwestern, die der Organisation angehörten, kamen im Laufe des Tages in die *Pharmacie Grenelle.* Neben der Ladentheke stellten sie mal größere, mal kleinere Tüten oder Kartons ab, die von Bernard oder seinem Gehilfen kommentarlos nach hinten geräumt wurden.

Nicht alle Medikamente wurden ausgeliefert. Manche landeten in Bernards Lager und wurden bei Bedarf an Kunden ausgegeben, die in den Praxen der Organisation auftauchten. Patienten, die den Weg zur Apotheke nicht schafften, wurden beliefert.

Es würde spät werden heute Abend. Fréjart blinzelte. Die regennasse Fahrbahn spiegelte die vielen Rücklichter vor ihm. Kompletter Stau. Die gesamte Straße war dicht, soweit er sehen konnte. Zum Glück hatte er die meisten Waren schon ausgeliefert. Es blieben nur noch die beiden speziellen Aufträge. Antibiotika für die Praxis im 19. Arrondissement und die Antidepressiva, die er zum Schluss Fardia bringen musste.

Hoffentlich war sie noch wach. Und hoffentlich hatte sie nicht wieder versucht, der Wirkung der Tabletten mit Alkohol nachzuhelfen.

Es ging im Schritttempo voran. Fréijart kämpfte gegen die Müdigkeit. Die plötzliche Schmerzfreiheit ließ in ihm den starken Wunsch aufkommen, sich einfach hinzulegen und nur noch zu schlafen.

»Na, macht schon«, murmelte er.

Langsam setzte sich die Autokolonne in Bewegung.

Julie

Julies Herz klopfte schneller. Der zweite Kaffee machte sich bemerkbar. Aber sie hatte nicht widerstehen können. Nachdem Marie-Claire sich verabschiedet hatte, war es allmählich leer geworden in der Kantine. Die meisten Angestellten hatten ihre Tabletts abgeräumt und waren in Richtung der einzelnen Stationen verschwunden.

Sie ging zum Wasserspender und füllte ihr Glas. Dann rückte sie mit ihrem Stuhl näher an die Fensterfront. Sie lehnte sich an die Lehne des Kunststoffstuhles, wippte sacht vor und zurück. Vielleicht würde Robert ja noch auftauchen. Immerhin hatte er ihr keine Absage geschickt.

Ihre Mutter würde es nicht bemerken, wenn sie zu ihrem Freitagsbesuch etwas später käme. Rosalie hatte jedes Zeitgefühl verloren. Die Demenz war rasant vorangeschritten, und seit sie in der *Résidence* untergebracht war, war sie vollständig in die Vergangenheit abgedriftet. Ein Wunder, dass sie sie überhaupt noch erkannte. Julie beschloss, ihr eine *Crème brûlée* mitzubringen.

Rosalie liebte süße Desserts. Die kleinen Würfel weißen Nougats mit Pistazien letzte Woche hatten seit langem mal wieder ein Lächeln auf ihrem Gesicht hervorgebracht. Aus Nordafrika hatte Rosalie viele Rezepte für süße Puddings und saftige Kuchen mitgebracht, die für Julie zum Alltag ihrer Kindheit gehört hatten.

Während ihre Freundinnen nachmittags zuhause am Wohnzimmertisch ihre Hausaufgaben gemacht und zur Belohnung ein *Pain aux raisins* bekommen hatten, hatte sie auf dem Teppich mit den orangefarbenen Dreiecken gesessen und einen Bananenpfannkuchen gegessen, den ihre Mutter am Vortag für sie gebacken hatte. Die Hausaufgaben hatte sie gewöhnlich im Schneidersitz auf dem Fußboden erledigt, und wenn ihre Mutter später am Abend von ihrer Arbeit im Krankenhaus zurückgekommen war, hatten sie sich beide ein Schälchen von dem Couscous mit Zimt vom Herd genommen und es sich auf dem Teppich gemütlich gemacht. Manchmal, nach dem Essen, hatte sie sich auf eines der bestickten Kissen neben Rosalie gelegt und sich von ihr den Kopf kraulen lassen. »Erzähl mir aus Afrika«, hatte sie ihre Mutter oft gebeten. Und Rosalie hatte von den Nachbarinnen, den Märkten und den Bäckereien erzählt.

Wenn ihre Mutter nicht zu müde gewesen war, hatte sie ihr beim Erzählen viele kleine Zöpfe geflochten, die sie die Nacht über so ließ, um dann am Tag darauf kleine Wellen in ihrem braunen Haar zu tragen.

Julie seufzte. Wie gut ihr diese Erinnerung tat. Allein bei der Vorstellung dieses Rituals entspannte sich ihr verkrampfter Nacken.

Wie sehr sich Rosalies Leben seitdem verändert hatte. Bei ihren Besuchen im Heim wurde Julie oft mit Schreckensmeldungen aus der Vergangenheit konfrontiert. Freunde waren verhaftet oder verletzt worden. Manche blieben nach gewaltsamen Auseinandersetzungen verschwunden. Lauter Ereignisse, über die Rosalie früher mit Julie nicht gesprochen hatte.

Julie gab sich einen Ruck. Sie leerte ihr Glas. Robert würde wohl nicht mehr kommen. Sie konnte sich genauso gut auf den Weg zu ihrer Mutter machen. Sie stellte ihr Glas auf das Tablett und räumte alles in den bereitgestellten Servierwagen.

Die Thekenkräfte waren mit Aufräumen beschäftigt, sodass einer der jungen Köche selbst zum Tresen kam. Er verpackte ihr etwas unbeholfen eine ›*Crème brûlée to go*‹ und wünschte ihr lächelnd ein schönes Wochenende.

Julie lächelte freundlich zurück, nickte kurz ›merci bien‹ und ging zum Aufzug. Wie immer an den Nachmittagen füllten sich die Aufzüge und Stationen mit Besuchern. Menschen, die in ihrer Alltagskleidung wie Fremdkörper in dem Komplex wirkten.

Die wohlige Entspannung, die sie vorhin gespürt hatte, glitt langsam von ihr ab. Wie eine dunkle Wolke kündigte sich ein leichter Kopfschmerz an, der sich jederzeit verdichten konnte. Sie würde noch mal kurz ins Büro gehen, um ihre Tabletten zu holen. Schönes Wochenende, dachte sie schmerzlich berührt. Es wäre nicht das erste Wochenende, das sie hinter abgedunkelten Scheiben verbrachte. Sie verließ den Aufzug und sah, dass Licht aus den Türritzen des Büros drang.

War Robert doch noch gekommen? Hatte er vergessen, dass sie oben in der Kantine verabredet waren?

»Hör mal …«, entfuhr es ihr, als sie mit einer schnellen Bewegung die Tür öffnen wollte. Doch sie war verschlossen.

»Robert?«

Sie griff in ihre Jackentasche, öffnete die Tür mit der Karte und betrat den Raum.

Nicht nur das Licht, auch der Computer von Robert war noch angeschaltet. Er musste den Raum vor kurzem erst verlassen haben. Was für ein Chaot, dachte sie verärgert. Sie stellte sich hinter seinen Bürostuhl. Erst reißt er die Fälle an sich, dann kommt er zu keinem Ergebnis, und schließlich vergisst er, Marie-Claire zu informieren. Der Bildschirmschoner sprang an. Kleine Fische schwammen von links nach rechts. Sie zögerte kurz, drückte dann die Enter-Taste und beugte sich weiter über den Tisch.

Auf dem Bildschirm erschien die Eingabemaske der zentralen Diagnostikvergabe. Wie hatte Robert es geschafft, einen Zugang zu erhalten? Seit Einführung der digitalen Diagnostik waren die Aufnahmekriterien strikt geregelt. Nur die Abteilung der *Sécurité sociale*, die die Identitätsnummern für die Gesundheitsversorgung verwaltete, vergab einen Platz in einem der Container.

Hatte Robert Optionen, über die sie selbst nicht verfügte? »Zusammenarbeit stelle ich mir anders vor, mein Lieber«, murmelte Julie und scrollte nach oben zum Anfang des Formulars. Als sie Abdul Fréijarts Namen las, hielt sie den Atem an. Unter seinem Namen stand eine neue *numéro de sécurité sociale*. Dessen war sie sich sicher. Sie hatte länger über der Akte von Fréijart gebrütet. Und es war ihr aufgefallen, dass seine Identitätsnummer mit der Zahl 36, ihrem Alter, geendet hatte. Die jetzige Nummer endete mit der Zahl 66. Ein Ding der Unmöglichkeit. Die Nummer wurde nur einmal im Leben vergeben und zusammen mit den Gesundheitsdaten abgespeichert. Was zum Teufel ging hier vor? Was führte Robert im Schilde?

Da ihre Besprechung am Mittag geplatzt war, würde sie ihn erst am Montag wiedersehen. Sie wählte seine Nummer auf ihrem Handy. Sie hatte nicht die Absicht, das ganze Wochenende darüber zu rätseln, was Robert vorhatte. »Nicht mit mir«, formulierte Julie leise, wie um die Konfrontation zu üben.

Am anderen Ende meldete sich die Mailbox.

Fréijart

Fréijart schloss die Türen seines Transporters, setzte sich in den Wagen und lenkte ihn aus Pantin zurück in Richtung Stadtzentrum. Er atmete aus. Mit einem Blick auf die Zeitanzeige sah er, dass bereits Stunden vergangen waren, seit er die *Pharmacie Grenelle* verlassen hatte. Seine Müdigkeit, die zwischendurch wie weggeblasen war, kehrte langsam zurück. Wenn er sie nicht gefunden hätte? Wäre sie heute Nacht verblutet? Wenn er nicht beschlossen hätte, die leeren Kartons im Hinterhof der Praxis zu entsorgen, anstatt sie wie üblich wieder mit zurückzunehmen? Er hätte nicht die langen, hell schimmernden Beine des Mädchens bemerkt, dessen Füße in Turnschuhen steckten und die hinter den grauen Müllcontainern hervorgeragt hatten.

Im ersten Moment hatte er gedacht, sie sei tot. Sie wäre nicht die erste Drogentote gewesen, die Fréijart gefunden hatte. Doch dann vernahm er ihr leises Wimmern, das fast wie das Maunzen einer jungen Katze klang.

Als er sich langsam näherte, sah er, dass ihr Gesicht blutverschmiert war. Die Unterlippe war angeschwollen. Neben ihrer linken Hand hatte sich ein See aus Blut gebildet, der zum Teil getrocknet war, in einem hellen Kreis aber noch feucht glänzte. Er beugte sich über sie, und sie öffnete für einen Moment die Augen. Ihr Blick drückte eine Teilnahmslosigkeit aus, die Fréijart Angst machte. Er rannte zurück zur Praxis. Es war nur noch die junge Sprechstundenhilfe vor Ort. Sie ergriff eine der Notfalltaschen und eilte mit Fréijart auf den Hof.

»Heilige Maria«, entfuhr es ihr, als sie das Mädchen am Boden liegen sah. »Sie müssen sie ins Krankenhaus bringen. Sofort.« Sie öffnete die Tasche und begann, das blutende

Handgelenk des Mädchens zu verbinden. Dann legte sie ihre Hand an ihre Schläfe. »Kleine, kannst du mich hören?«

Das Mädchen öffnete erneut die Augen.

»Keine Angst. Wir bringen dich ins Krankenhaus.«

Zu zweit hoben sie sie vorsichtig auf die Ladefläche des Transporters. Fréijart schob ihr seine Jacke unter den Kopf.

»Keine Polizei«, murmelte sie. »Keine Polizei. Bitte. Keine Polizei.«

Ihr Blick bekam etwas Flehendes, und Fréijart schien es, wie wenn der Gedanke an die Polizei dem Mädchen mehr Angst einflößte als alles, was ihr zuvor passiert war.

»Bitte.« Ihre Lippen begannen zu zittern, und ihr Atem wurde unruhig.

»Schon gut, Kleine. Ist gut. Wir rufen den Doktor.«

Die Fahrt zu Fardias Wohnung hatte nur wenige Minuten gedauert. Vielleicht war sie eingeschlafen oder wieder in den Zustand der Teilnahmslosigkeit verfallen. Auf jeden Fall war kein Laut mehr über ihre Lippen gekommen. Fréijart hatte direkt vor dem Hauseingang geparkt und die Nummer des Doktors gewählt.

Julie

Der Besuch bei ihrer Mutter war anstrengend gewesen. Wieder und wieder hatte Rosalie darauf bestanden, den Kleiderschrank auszuräumen und ihre Sachen in eine Tasche zu packen. Jedes Mal, wenn Julie sie wieder eingeräumt hatte, überzog sich ihr Gesicht mit einem ängstlichen Ausdruck, und ihre Bewegungen wurden so unruhig, dass Julie sie nicht daran gehindert hatte, den Schrank aufs Neue auszuräumen.

Als eine der Pflegerinnen erschien, um Rosalie zum Abendessen abzuholen, atmete Julie auf. Sie verabschiedete sich mit einem Kuss auf Rosalies Stirn und ging den langen Flur entlang in Richtung Treppenhaus. An der ersten Stufe drehte sie sich noch mal um und winkte ihrer Mutter zu, die an der Hand der Pflegerin seltsam verjüngt wirkte. Vielleicht war ja auch sie dankbar für die Ablenkung aus ihren immer wiederkehrenden Alpträumen.

Auf dem Nachhauseweg versorgte sich Julie bei Ibram noch mit Gemüse, Lammkoteletts, Couscous und Zitronen. Sie konnte es kaum erwarten, in ihre Wohnung zu kommen.

Ihr Magen knurrte. Sie öffnete das Fenster. Straßengeräusche, Kindergeschrei und Gelächter. Irgendwo plärrte eine Musikanlage arabische Popsongs. Der Geräuschteppich half Julie, sich den Anforderungen des Abends zu stellen. Auspacken, Gemüse waschen, Koteletts braten, na los. Zuerst jedoch wollte sie in bequemere Sachen schlüpfen, in ihre alten Lieblingsstücke aus zerschlissener Baumwolle, die ihr jene Bewegungsfreiheit zurückgaben, die sie tagsüber in der Klinik vermisste. Sie würde heute Abend zuhause bleiben, also entschloss sie sich, eine ihrer alten Jogginghosen hervorzukramen. Dazu wählte sie einen dünnen Kapuzenpulli, den sie auf einer Tauschbörse ergattert hatte und den sie aufgrund seiner pinkfarbenen Aufschrift *›je suis chic‹* sicher nicht in der Öffentlichkeit getragen hätte. Gerade als sie den Pullover über den Kopf gezogen hatte, klingelte es an der Tür. Fréd? Hatte er seine Kollegen doch früher verlassen? Nun, es war noch nicht zu spät. Sie könnte alle Einkäufe im Kühlschrank verstauen und mit Frédéric etwas essen gehen. Nur sie beide.

Sie blickte durch den Spion. Draußen stand Robert. Mit Schwung öffnete sie die Tür. »Robert? Sag mal, weißt du, dass ich fast eine Stunde ...«

»Hör zu, Julie. Du bist zuhause. Gott sei Dank. Warte hier. Ich bitte dich. Ich bin in einer Minute zurück.«

Julie blieb im Türrahmen stehen. Sie sah ihn im Aufzug verschwinden. Hörte, wie dieser losfuhr und gleich darauf wieder anhielt. Er musste direkt in der Etage darunter wieder gestoppt sein. Sie widerstand der Versuchung, die Tür wieder zuzumachen. Was machte er hier, in Pantin? Und was brachte ihn dazu, sie jetzt am Abend zu stören? Der Aufzug setzte sich wieder in Bewegung. Die Tür wich zur Seite, und Robert trat heraus. In seinen Armen trug er eine schmächtige Gestalt. Ein Kind? Eine junge Frau? Der Körper war wie leblos in Roberts Armen. Ihr linker Arm hing herab und pendelte sacht. Die Hand war in einen dicken Verband gehüllt.

»Um Himmels Willen. Robert, ist sie tot?«

»Nein, sie schläft jetzt. Sie ist verletzt.«

Er schob sich an Julie vorbei in die Wohnung, durchquerte den kleinen Flur und steuerte auf das Sofa im Wohnzimmer zu. Julie schloss die Tür. Als sie das Wohnzimmer betrat, hatte Robert bereits die Kissen beiseite geräumt und das Mädchen behutsam abgelegt.

»Robert. Wer ist das? Was ist überhaupt ...?«

»Bring bitte Handtücher. Und hast du ein frisches Laken?«

Julie eilte in ihr kleines Schlafzimmer, das direkt hinter dem Wohnzimmer lag, holte aus der Kommode das Benötigte und reichte es Robert. Dieser brachte das Mädchen mit schnellen Griffen in eine Seitenlage, die er mit den aufgerollten Handtüchern stabilisierte. Das Laken entfaltete er teilweise und legte es vorsichtig unter ihren Kopf.

Dann erst setzte er sich vor das Sofa auf den Fußboden und wischte sich mit dem Ärmel seines Hemdes den Schweiß von der Stirn.

»Sie heißt Esme«, sagte er.

»Robert …«, begann Julie, doch dann endete sie abrupt und ging in die Küche. Sie füllte den Wasserkessel und blieb vor dem Herd stehen, bis das Wasser kochte.

Mit den Fingerspitzen holte sie schwarzen Tee aus einer silbernen Dose und ließ ihn lose in die Teekanne rieseln. Sie füllte sprudelndes Wasser bis an den Rand der Kanne.

Dann nahm sie zwei Gläser und stellte sie zusammen mit der Kanne auf den schmalen Tisch.

Robert betrat die Küche.

Julie lehnte sich an die Spüle und blickte ihn an. »Also?«

»Es ist kein Zufall, dass ich heute in Pantin war. Und auch in diesem Haus war ich schon oft. Nur bis vor kurzem wusste ich noch nicht, dass du hier wohnst.«

Julie drehte den Kopf in Richtung Wohnzimmer. Das Mädchen hatte einen kurzen Laut von sich gegeben.

»Ich arbeite für die OJN«, sagte Robert. Er fing den fragenden Blick von Julie auf. »Die Organisation Justice Now.«

»Justice Now«, sagte Julie. »Das ist doch die Gruppierung, die letzte Woche ein stillgelegtes Fabrikgebäude besetzt und die Umwandlung in Wohnraum gefordert hat? Die sind nicht zimperlich. Haben die nicht einen Polizisten krankenhausreif geschlagen?«

»Ja. Mag sein. Aber es gibt unterschiedliche Sektionen bei der OJN. Hausbesetzungen sind nicht mein Ressort.« Er lachte kurz auf. »Es gibt seit zehn Jahren eine Gruppe von Ärzten, die in der Gesundheitsversorgung aktiv sind.«

»Aktiv?«, fragte Julie. »Was meinst du damit?«

»Julie, du bist selbst Ärztin. Du weißt doch, was hier los ist. Seit der letzten Reform haben wir faktisch ein Drei-Klassen-System. Die gut situierten, die die freie Arztwahl haben und bei der Diagnostik und Therapie mitentscheiden können. Die gesetzlich Versicherten, die nur noch Zugang zu der digitalen Diagnostik haben und, wenn sie Glück haben, eine halbwegs angemessene Versorgung bekommen. Und die anderen.«

Die anderen. Als Kind hatte sie nicht nur einmal ihre Mutter, die für eine Hilfsorganisation tätig war, bei ihren Auslandseinsätzen begleitet. Improvisierte Ambulanzen, Operationen in Zeltstätten, von Hunger und Krankheit bedrohte Kinder. Sie hatte eine Menge Elend gesehen. Und inmitten von allem ihre tatkräftige Mutter, die kaum ruhte und auch während ihrer Zeiten in Frankreich weiter engagiert blieb und unermüdlich Spendengelder sammelte.

»Und ihr kümmert euch also um die anderen?«

»Zumindest versuchen wir's«, entgegnete Robert und nahm einen Schluck von dem heißen Tee.

»Okay«, sagte Julie und nickte anerkennend. »Eine Riesenaufgabe. Die OJN ist in der Öffentlichkeit nicht renommiert, und die Medien berichten auch nicht gerade wohlwollend. Wie kommt ihr an die Spendengelder?«

»Das ist der springende Punkt«, sagte Robert. »Es gibt kein Geld.«

»Wie? Kein Geld?«

»Julie. Die öffentlichen Kassen sind leer. Die Stimmung unserer Mitbürger«, und das letzte Wort dehnte Robert in die Länge, »ist auf dem Nullpunkt. Wer will schon die medizinische Versorgung für Geflüchtete, Illegale, sonstwie Gestrandete oder schlichtweg für Arme, die sich die Krankenversicherung nicht leisten können, bezahlen?«

Julie blickte durch Robert hindurch. Wie ein Film liefen Szenen in rascher Folge vor ihrem inneren Auge ab. Die Unregelmäßigkeiten in der digitalen Diagnostik im Krankenhaus. Robert, der ständig verschwunden und wieder aufgetaucht war, ohne dass sie etwas über seinen Verbleib wusste. Roberts Bildschirm in ihrem Arbeitsraum, bei dem sie einen Zugang zur Verteilung der Diagnostikplätze entdeckt hatte. Und schließlich Roberts plötzliches Auftauchen, hier, in ihrer Wohnung mit einem verletzten jungen Mädchen, das offensichtlich Hilfe brauchte und nicht in ein Krankenhaus eingeliefert werden konnte.

»Dieser Fréijart? Ist das auch einer von den ... anderen?«

Die Schärfe in ihrem Tonfall ließ Robert zusammenfahren.

»Woher weißt du ...?«

»Robert. Verkauf mich nicht für dumm. Du hast den Fall übernommen. Aber nichts herausgefunden. Ich habe heute Marie-Claire in der Cafeteria getroffen, als ich auf dich gewartet habe.« Ihre Stimme wurde einen Ton höher. »Sie wusste von nichts. Du hast den Vorfall überhaupt nicht weitergegeben. Und ...«, sie zögerte kurz, »ich habe die Daten auf deinem PC gesehen.«

»Du warst an meinem Computer? Was fällt dir ein?«

»Jetzt halt mal die Luft an, Robert. Du schneist hier einfach rein, mit dieser Esme, du vertuschst Vorfälle auf der Arbeit, die wir beide eigentlich klären müssten. Verdammt, ist dir eigentlich klar, dass ich eine Untersuchung leite und du mir gerade erzählst, dass du illegale Vorgänge nicht nur verschleierst, sondern sie geradezu ... geradezu implementierst? Merde!«

Robert schwieg.

»Weißt du eigentlich, was das bedeutet? Wir können beide unseren Job verlieren. Und nicht nur den Job, sondern auch unsere Zulassung. Robert, eigentlich müsste ich dich anzeigen.«

»Danke für den Konjunktiv.« Robert stellte sein Glas ab und erhob sich. »Du kannst ja darüber nachdenken«, sagte er leise. »Ich muss zum Dienst. Eine Bitte: Darf das Mädchen heute Nacht hier bleiben? Ich kann sie so schnell nicht anderweitig unterbringen. Sie spricht etwas Französisch. Also, wenn sie aufwacht, wird das keine Probleme geben. Wenn sie über Schmerzen klagt, gib ihr eine davon und ansonsten morgen früh das Antibiotikum.« Er legte zwei eingeschweißte Tabletten neben die noch eingepackten Lebensmittel auf dem Kühlschrank.

Julie verschränkte ihre Arme. Sie seufzte. »Na gut.«

»Danke«, sagte Robert. Er ging in das angrenzende Wohnzimmer und fühlte den Puls des Mädchens. Er hob seine Jacke vom Boden auf und verließ die Wohnung.

Julie sah auf die Uhr. Es war nach neun. Sie verspürte Hunger, hatte jetzt aber keine Energie mehr, sich etwas zu kochen. Sie räumte die Koteletts und das Gemüse in den Kühlschrank und nahm sich eine Tüte Erdnüsse aus dem Regal. Sie löschte das Licht in der Küche und setzte sich neben das schlafende Mädchen auf den Wohnzimmerteppich.

»Maman?«, fragte sie in die Stille. »Was sagst du dazu?«

Allmählich senkte sich die Dunkelheit über das Zimmer. Nur der Widerschein der beleuchteten Stadt sorgte für Lichtreflexe an den Wänden.

Es klopfte leise an der Wohnungstür. Julie zuckte zusammen. In Gedanken war sie weit weg gewesen, mit ihrer Mutter in der kleinen Teestube neben dem Bazar an ihrem Lieblingsplatz. Sie konnte sich an den Geschmack der Kokoskuchen erinnern und an die flammenden Reden ihrer Mutter. Kein Tag war vergangen, an dem ihre Mutter nicht wenigstens ein kleines Plädoyer gehalten hätte für ihre wichtige Arbeit.

»Julie. Wir müssen diesen Menschen helfen. Wenn wir es nicht machen, macht es keiner.« Und unermüdlich war sie in dem alten Jeep in Begleitung einer Krankenschwester oder eines Kollegen über unwegsame Straßen gefahren. Bei Sonnenaufgang hatte sie das Haus verlassen und war erst spät am Abend wieder zurückgekommen. Meist hatte Julie bereits geschlafen, nachdem sie mit Anija, der Haushälterin, zu Abend gegessen hatte.

Manchmal wenn sie Angst hatte, dass ihre Mutter in der Dunkelheit nicht zurückfände, durfte sie im Bett bei Anija schlafen. In dem Bett mit der bestickten Bettwäsche, die nach Cashewnüssen duftete. Sie hatte die Arbeit ihrer Mutter gehasst. Entzog sie ihr doch jeden Tag die Geborgenheit. Jeden Morgen musste sie Rosalie ziehen lassen, und jeden Abend war sie eifersüchtig auf die Zuwendung gewesen, die ihre Mutter anderen Menschen hatte zukommen lassen. Andere waren von ihr versorgt und getröstet worden. Andere Kinder hatten ihren Zuspruch erfahren, während sie im Hinterhof mit den Kindern aus der Nachbarschaft gespielt hatte. Und wenn die Mütter ihre Kinder zum Essen oder zur Schlafenszeit gerufen hatten, war sie langsam die Treppen zu ihrer Wohnung hinaufgestiegen, wo Anija sie müde, aber liebevoll in Empfang genommen hatte.

Es klopfte erneut. Diesmal lauter. Julie rieb sich mit beiden Handflächen von der Stirn über die Augen bis hin zu den Schläfen, wie um die Bilder der Vergangenheit wegzuschieben und um den Vorhang für die Gegenwart zu öffnen.

Sie ging zur Tür und blickte durch den Spion. Der Junge, dem sie bei Ibram begegnet war, stand davor.

Sie öffnete die Tür.

»Hallo?«, sagte Julie und versuchte, nicht zu unfreundlich zu klingen.

Mit ernstem Blick sah er an ihr vorbei in die Wohnung.

Julie blieb im Türrahmen stehen.

Der Junge hob brüsk den Arm. In der Hand hielt er einen weißen Stoffhasen.

»Für Esme«, sagte er

»Für Esme«, sagte Julie und griff nach dem Hasen, der sich in ihrer Hand seltsam warm und lebendig anfühlte.

Der Junge drehte sich um und ging zum Treppenhaus.

Julie ging im Dunkel zurück ins Wohnzimmer. Offensichtlich waren Robert und sie nicht die einzigen Unterstützer des Mädchens. Was hatte es mit dem Jungen auf sich? Wie war Esme in die Hände Roberts gelangt? »Wir müssen ihr helfen, sonst macht es keiner«, sagte sie leise und legte den Stoffhasen vorsichtig neben Esmes Stirn.

Am nächsten Morgen erwachte Julie aus einem unruhigen Schlaf. Sie blickte an die weiße Zimmerdecke. Nebenan war von Esme kein Laut zu hören. Bestimmt schlief sie noch. Julie zog sich die Decke bis zum Hals. Noch einen Moment liegen bleiben. Es war spät geworden, sie war noch lange wach gewesen. Frédéric hatte versucht, sie anzurufen, aber sie hatte nicht zurückgerufen.

Sie verspürte Hunger. Stimmt, das Abendessen war ausgefallen. Und ein Kaffee wäre jetzt gut. Oft hatte Frédéric den ersten Kaffee am Morgen ans Bett gebracht. Lesend und plaudernd hatten sie für gewöhnlich an den freien Wochenenden die erste Stunde des Tages im Bett verbracht. Nicht selten hatten sie über die Arbeit geredet. Über Frédérics Pläne, in der Forschungsabteilung des Krankenhauses Fuß zu fassen. Seit ihrem Streit im Sommer waren diese Wochenenden seltener geworden. Die Frage, die Frédéric aufgeworfen hatte, stand zwischen ihnen. Ausgesprochen und unbeantwortet. Und umso länger Julie darüber nachdachte, desto klarer wurde ihr, dass die Antwort allein durch Nachdenken nicht zu finden war. Zusammen eine Wohnung nehmen. Im 16. Arrondissement zu wohnen, in dem auch Frédérics

Geschwister wohnten, war eine naheliegende Idee. Ein geordnetes Leben, Einladungen bei befreundeten Paaren, eine Putzhilfe, eine Einrichtung, die von den Gästen bewundert werden konnte. Wieso sperrte sich etwas in ihr?

Jetzt wäre es schön, wenn Frédéric ihr einen Kaffee brächte, einen richtigen, aus einem dieser italienischen Kaffeeautomaten, die in jeder Designerküche herumstanden. Unter den gegebenen Umständen würde sie sogar ein Wochenende mit seiner Familie vorziehen. Keine Probleme, keine Verpflichtungen. Esme, dachte sie. Woher mochte sie gekommen sein? Der Name erinnerte sie an eine Kommilitonin von der medizinischen Fakultät. Sarajewo, Bosnien, irgendwoher aus Osteuropa war sie gekommen und später wieder dorthin zurückgegangen. Esme. Wie zerbrechlich sie gestern Abend ausgesehen hatte. Im Schlaf hatte sie sich Schutz suchend mehr und mehr an die Sofalehne gedrückt. Und Robert. Was hatte er sich dabei gedacht, sie in die ganze Sache mit reinzuziehen? Sie musste einen Plan machen, Entscheidungen treffen. Hier konnte Esme nicht bleiben. Wer sollte sich um sie kümmern, wenn sie den ganzen Tag im Krankenhaus arbeitete? Los jetzt. Kaffee kochen, nach Esme sehen, mit Robert die Lage besprechen. Sie musste aufstehen.

Leise öffnete sie die Zwischentüre zum Wohnzimmer. Sie blickte zum Sofa. Die Wolldecke, mit der sie Esme zugedeckt hatte, lag auf dem Boden. Auf dem Laken, das als Kopfkissen gedient hatte, war ein feuchter Fleck in der Größe einer kleinen Faust. Der Stoffhase hatte seine Position nicht verändert. Auch die Handtücher lagen noch genauso, wie Robert sie platziert hatte. Nur Esme war weg.

Jérôme

Jérôme gähnte. Er hatte die ganze Nacht bei Achmed und seinem Bruder verbracht. Das neue Spiel, das Achmed organisiert hatte, hatte sie dann doch noch begeistert. Gegen Morgen war er für eine Weile in einem Sessel direkt vor der Konsole eingeschlafen. Die Ankunft von Achmeds Vater nach seiner Nachtschicht an der Tankstelle war das Signal zum Aufbruch. Achmed lebte mit seinem Vater und seinem Bruder in einer Zweizimmerwohnung, und wenn sein Vater zuhause war, war kein Platz mehr für Besuch. Die wenigen Straßen ging Jérôme zu Fuß nach Hause. Heute war Samstag. Er hatte frei. Wenn man das frei nennen konnte. Seine Mutter würde sicher schon auf ihn warten, nach einer hoffentlich nicht allzu schlechten Nacht. Das Auftauchen des Alten mit Esme hatte sie sehr durcheinandergebracht. Hoffentlich hatte sie anschließend nicht zu viel Rotwein getrunken, um sich zu beruhigen. Dann würde sie wieder bis mittags schlafen, und er würde sich um seine Schwester kümmern müssen.

Nounou würde wissen wollen, wohin ihr Stoffhase verschwunden war. Da musste er sich was einfallen lassen.

Er durchschritt den Marktplatz. Der Springbrunnen war noch nicht angestellt. Schade, dachte Jérôme. Der Anblick hätte ihn jetzt getröstet. Er machte einen Bogen um Zadou und Paul, die in fleckige Decken gehüllt auf zwei nebeneinander stehenden Parkbänken schliefen. Paul war bekannt dafür, dass er aggressiv werden konnte, wenn ihm jemand zu nahe kam. Erst letzte Woche war er mitten in der Nacht aufgesprungen und hatte Achmed mit einem Messer bedroht. Dabei hatten sie sich nur einen kleinen Scherz erlaubt und seine Schuhe in die Blumenbeete gekickt. Jérôme hatte die

Aktion von Anfang an nicht lustig gefunden. Aber manchmal war Achmed mit seinen blödsinnigen Ideen nicht zu stoppen.

Als er sich dem Hauseingang näherte, öffnete sich die Tür. Jérôme widerstand seinem ersten Impuls, schneller auf die Tür zuzugehen, als er eine schmächtige Gestalt aus der Tür treten sah. Esme. Wie konnte sie schon wieder auf den Beinen sein? Gestern Abend war sie bewusstlos von dem Alten gebracht worden. Zum Glück war der Doktor gerade bei seiner Mutter gewesen. Er hatte ihr eine Spritze gegeben und die klaffende Wunde am Handgelenk mit Nadel und Faden genäht, während der Alte ihr blutiges Gesicht mit einem Waschlappen gesäubert hatte. Als der Verband angelegt war, war sie für einen kurzen Moment aufgewacht. Er hatte mitbekommen, wie sie auf die Frage des Doktors ihren Namen genannt hatte. Esme. Das hätte er auch gewusst. Aber er war ja nicht gefragt worden. Und so hatte er auch nicht erzählt, dass er sie kannte. In einem unbeobachteten Moment hatte er in ihre Jackentasche gegriffen. Und tatsächlich war sein Handy unbeschädigt darin gelegen. Schließlich hatte der Doktor Esme hochgehoben, sie aus der Wohnung zum Aufzug getragen und war mit ihr nach oben gefahren. Jérôme hatte die Treppe genommen und gesehen, hinter welcher Tür er mit Esme verschwunden war.

Die Haustür fiel zu. Jérôme blieb hinter einem LKW stehen. Esme zögerte kurz, um sich zu orientieren, und bog dann in die Rue de Candale ein.

»Merde«, murmelte Jérôme und folgte ihr langsam.

Milena

Mit der Zungenspitze fühlte Milena ihren Schneidezahn. Eine kleine Ecke fehlte. Sie hatte sich daran gewöhnt, und obwohl sie immer wieder gefragt wurde, wann sie den Makel reparieren ließe, hatte sie längst beschlossen, das niemals zu tun. Sie war neun Jahre alt gewesen, als das Schaukelbrett, das ihr Cousin an einem Ast befestigt hatte, direkt auf sie zugeflogen war und ihr nicht nur die Ecke des Zahns abgeschlagen, sondern auch die Lippe zum Platzen gebracht hatte. Weinend war sie ins Haus gelaufen. Blutüberströmt.

Die Augen ihrer Mutter waren vor Schreck geweitet, und obwohl ihr Gesicht erstarrte, kam Bewegung in ihren Körper. Sie nahm Milena an der Hand und zog sie hinter sich her in die Küche. Mit einem sauberen Geschirrtuch und kaltem Wasser säuberte sie langsam ihr Gesicht.

»Armes Mädchen, armes Mädchen«, murmelte sie und blickte über ihren Kopf hinweg, sodass Milena nicht sicher war, ob die Worte ihr galten. Dann strich sie ihr sachte über das Haar. Milena fühlte ihren beschädigten Zahn und die Hand ihrer Mutter, und sie verstand, dass dies der Preis für die seltene Zuwendung war. Wann immer sie sich fortan einsam fühlte, tastete sie mit der Zungenspitze zu der fehlenden Ecke im Zahn.

Später, als Esme geboren wurde, hatte Milena noch einmal die Zärtlichkeit ihrer Mutter erfahren. Ihr Stiefvater war im Jahr zuvor aufgetaucht und auf dem Hof eingezogen. Wenige Tage nach Milenas zehntem Geburtstag kam Esme zur Welt. Die Vorbereitungen zur Geburt hatten die Mutter in Hochstimmung versetzt, und ein Teil der Zuversicht und Freude hatte auch Milena erreicht. Das tägliche Flechten der Zöpfe war nicht mehr schmerzhaft, sondern ein liebevolles Ritual geworden. Warum das Glück wenige Tage nach der Geburt jäh endete, blieb für Milena ein Rätsel. Die Fröhlichkeit war aus dem Blick der Mutter gewichen.

»Deine Mutter ist krank«, sagten die Frauen aus dem Dorf. »Wir müssen uns um die Kleine kümmern.«

Während ihr Stiefvater früh aus dem Haus ging und erst abends wiederkam, leiteten die Nachbarinnen Milena in der Versorgung des Säuglings an. Und bald kam Milena allein zurecht. Sie fütterte und badete das Kind und kochte für sich und die Eltern das Gemüse, das der Garten hinter dem Haus hergab. Sie putzte das Haus, kleidete ihre Mutter morgens an und abends wieder aus und füllte einmal die Woche den Waschzuber für sie mit Wasser, das sie auf dem Küchenofen erwärmte. Dabei ließ sie Esme nicht aus den Augen. In der Scheune fand sie ein rostiges Milchwägelchen, das sie mit Decken ausstattete, damit es Esme als Kinderwagen diente. Wo immer sie sich hinbegab, zog sie das Wägelchen hinter sich her, sodass sie im Dorf nur noch die ›Milchbäuerin‹ genannt wurde. Vielleicht waren sie deshalb unzertrennlich geworden.

Als sich der Zustand der Mutter langsam gebessert hatte, war Esme bereits fünf Jahre alt gewesen.

Milena ließ von ihrem Zahn ab. Es hatte nicht funktioniert diesmal. Die Angst war immer noch da. Sie griff in die Tasche, in der die Mütze in eine Plastiktüte geknüllt war. Ekel stieg in ihr hoch. Sie würde die Mütze bestimmt nicht mehr mit bloßen Fingern anfassen. Der kurze Moment im Café war schon zu viel gewesen. Die Mütze hatte sich feucht und speckig angefühlt, und und sie hatte nach abgestandenem Talg gestunken. Wahrscheinlich war sie seit Monaten oder Jahren nicht gewaschen worden. An der Innenseite klebten kurze blonde, brüchige Haare. Das würde auf jeden Fall reichen. Sie konnte sich Gewissheit verschaffen.

Als der Mann vor acht Wochen zum ersten Mal bei ihrem Kaffeestand am Markt aufgetaucht war, hatte sie ihn sofort erkannt. Die gleiche aufrechte Haltung. Breitbeinig, den Blick von oben herabgewandt, stand er zwischen den anderen Arbeitern. Die Augen leicht zusammengekniffen, so wie er immer vor ihrer Mutter gestanden hatte, wie aus dem Nichts aufgetaucht, in den schmalen Straßen der Kleinstadt. Milena hatte er von oben bis unten gemustert und ein paar Worte an die Mutter gerichtet. Kein einziges Mal hatte die Mutter geantwortet. Meist war sie leichenblass geworden und hatte mit kalten Händen Milena mit sich gezogen. Nach jeder Begegnung war die Mutter noch tagelang verstört gewesen.

Irgendwann waren die Begegnungen seltener geworden, und als ihr Stiefvater auf den Hof kam, schienen sie aufzuhören.

Als sie später in Paris durch die Medien von den Greueln erfahren hatte, denen bosnische Frauen durch die serbischen Truppen ausgesetzt waren, hatte sie sich nicht nur einmal gefragt, ob er etwas damit zu tun gehabt hatte. Mit den Jahren war er älter und magerer geworden. Aber den spöttischen Ausdruck in seinem Gesicht und die drohende Statur seines Körpers hatte sie nicht vergessen. Offensichtlich hatte er sie nicht erkannt. Mehrere Male war er mittags nach dem Ende seiner Schicht mit den anderen Arbeitern in das Café gekommen, in dem Milena als Aushilfe arbeitete, um einen Kaffee an einem der kleinen Tische zu trinken. Er hatte ihr keinerlei Beachtung geschenkt.

Vor ein paar Tagen hatte er, als sie zum Abkassieren kam, seine Mütze über die Stuhllehne gelegt, und Milena hatte sie, einer plötzlichen Eingebung folgend, mit einer raschen Bewegung auf ihr Tablett gefegt. Ihr Herz hatte zu rasen begonnen und sich erst wieder beruhigt, als er, der von den anderen Darek genannt wurde, den Tisch verlassen hatte.

Er hatte sich noch suchend auf dem Fußboden umgesehen, und die anderen hatten laut gelacht. Er musste wohl geglaubt haben, dass er die Mütze irgendwo verloren hatte. Milena hatte die Mütze eine ganze Woche in der Plastiktüte aufbewahrt, sie an unterschiedlichen Orten in ihrer Wohnung versteckt. Wie eine Bombe, die jederzeit explodieren konnte, hatte sie die Tüte nur mit größter Vorsicht angefasst. Es war ein gefährlicher Fremdkörper in ihrem Haus gewesen, und Milenas Unruhe war von Tag zu Tag gewachsen. Als Sahid von seinen Kurierdiensten wieder nach Hause gekommen war und einen Umschlag in der Küchenschublade deponiert hatte, hatte sie, als er im Badezimmer war, beherzt hineingegriffen und sich einen Teil des Geldes herausgenommen.

Sie war angekommen. Genetisches Labor, Dr. Pascal. Sie betrat den Hof. Rechts führte eine Treppe zu einem Eingang. Sie klingelte, und die Tür öffnete sich mit einem leichten Summen.

»Bonjour Madame.« Die junge Frau an der Empfangstheke lächelte freundlich.

»Ich möchte einen DNA-Test durchführen lassen«, sagte Milena und legte die Plastiktüte auf den Tisch.

Es war einer der heißen Tage im August, als Milena das Schreiben morgens im Briefkasten fand. Sie nahm den Brief mit auf den Weg zur Arbeit. Sie steckte ihn in die Tasche ihrer Jeans, die ihr dadurch umso mehr am Körper zu kleben schien. Als sie an ihrem Kaffeestand ankam, hatte sich schon eine lange Schlange gebildet, und von Madame Rivette angetrieben, machte sie sich sofort an die Arbeit.

Fast hätte sie den Brief vergessen, wäre nicht am Ende der Schicht Darek mit seinen Kollegen aufgetaucht. Laut gestikulierend näherten sie sich. Offensichtlich hatte es Ärger gegeben. Milena konnte einzelne Sätze aufschnappen. Wütend schimpften sie über einen Kollegen, der sich schon wieder krankgemeldet hatte. Einer trat aus der Gruppe und holte am Tresen das Tablett mit den fünf Kaffees ab, die sie durch Handzeichen bestellt hatten.

Sie tranken schnell, palaverten weiter, wechselten das Thema und gerieten allmählich in eine ausgelassene Stimmung. Wie um den eingekehrten Frieden zu feiern, bestellte der Älteste von ihnen eine Runde Wodka.

Milena stellte fünf Gläser auf einen Teller und ergriff die Flasche mit der klaren Flüssigkeit. Anstatt den Teller auf der Mitte des Tisches abzustellen, trat sie hinter jeden Einzelnen von ihnen, platzierte das Glas und goss ein. Zuletzt servierte sie Darek. Als sie sich über ihn beugte, drang der Geruch von abgestorbenen Hautzellen in ihre Nase. Der gleiche Geruch, der sich in der Plastiktüte mit der Mütze so zäh konserviert hatte. Jäh stieg Übelkeit in ihr auf, und sie eilte zum Tresen zurück.

Der Ansturm der Mittagspause war bewältigt. Auf allen Tischen standen leere Tassen und Gläser. Als die letzte Gruppe um Darek sich erhob, band Milena sich die Schürze ab, griff nach ihrer Handtasche und rief Madame Rivette zu, dass sie eine Zigarette rauchen wolle. Den missbilligenden Blick ihrer Chefin ignorierend folgte sie der Gruppe zum Ausgang der Markthalle.

Als sie aus der Halle trat, stoppte sie. In nur geringer Entfernung waren sie stehen geblieben, um den Ältesten zu verabschieden. Sie drehte sich zur Seite. An der Blechwand der Halle lehnte ein Junge. Er hatte die Augen geschlossen, in der Hand hielt er eine Zigarette.

»Hey. Hast du mal Feuer?«

Er öffnete die Augen, begriff nicht sofort, was sie von ihm wollte. Als sie die Zigarette vor sein Gesicht hielt, nahm er ein Feuerzeug aus der Hosentasche und hielt die Flamme direkt vor ihre Nase.

Milena sog an ihrer Zigarette und nickte ihm zu. In die Gruppe hinter ihr war noch immer keine Bewegung gekommen.

»Sag mal, bist du nicht eigentlich zu jung, um zu rauchen?«

Für einen kurzen Moment erwiderte er ihren Blick. Er zog seine Augenbrauen zusammen, wie wenn er nicht sicher wäre, ob er sie richtig verstanden hätte. Dann inhalierte er tief, stieß den Rauch wieder aus und sah an ihr vorbei.

Hinter ihr machten sich die vier Männer auf den Weg. Sie schlugen die Richtung zu der Brachlandfläche hinter dem Großmarkt ein. Milena folgte ihnen langsam.

Ein paar hundert Meter gingen sie an dem Metallzaun am Rande der Straße entlang und bogen dann zu den Wohncontainern ab, die gegenüber der Brache für Saisonarbeiter errichtet worden waren.

Milena blieb stehen. Durch den Zaun konnte sie Wohnwagen auf der Brachfläche stehen sehen. Manche standen in Gruppen, manche einzeln. Zwischen den Wagen waren kleine Feuerstellen errichtet mit Sitzgelegenheiten aus Plastikeimern. Ein kleiner Hund schnüffelte an den Abfalltüten hinter einem Wagen. In den Augenwinkeln sah sie, wie Darek und die anderen auf einen grün lackierten Container zugingen und gemeinsam darin verschwanden.

Milena lehnte sich für einen Moment an den Zaun. Sie musste wieder zurück. Madame Rivette duldete keine langen Pausen während der Arbeitszeit. Sie griff in ihre Hosentasche, holte den Brief heraus und riss den Umschlag auf. Sie hatte Mühe, die französischen Formulierungen zu verstehen. Aber das Ergebnis in seiner Zusammenfassung war eindeutig: eine annähernd zu hundert Prozent erwiesene Vaterschaft.

Eine erneute Welle der Übelkeit stieg aus ihrer Magengrube auf, und sie übergab sich in einem Schwall durch das grobmaschige Gitter.

Julie

»Warum hast du sie gehen lassen?« Roberts Stimme klang müde. Seit dem Ende seiner Nachtschicht waren keine zwei Stunden vergangen. Vermutlich hatte sie ihn mit ihrem Anruf aus dem Tiefschlaf geholt.

»Ich hab sie nicht gehen lassen. Sie ist verschwunden. Von selbst.«

»Das ist gar nicht gut.«

»Robert, so schlimm stand es ja nicht um das Mädchen. Wahrscheinlich ist sie nach Hause gelaufen.«

Robert atmete hörbar aus. »Wo auch immer das sein mag.«

»Was meinst du damit?«

»Julie, das Mädchen ist ziemlich sicher Opfer eines Verbrechens geworden. Wir müssen ihr helfen. Wir können nicht ausschließen, dass sowas wieder passiert. Wir können nicht mal die Polizei mit ins Boot holen. Esme hat Fréijart angefleht, das nicht zu tun.«

»Fréijart? Unser Fréijart?« Julie spürte, wie die Wut der vergangenen Nacht wieder in ihr aufstieg.

Eine Pause entstand in der Leitung.

»Welche Rolle spielt Fréijart in der ganzen Sache?«, insistierte Julie.

»Fréijart arbeitet für uns. Schon seit Jahren. Er arbeitet als Fahrer, macht Kurierdienste, liefert Medikamente aus. Er kam über Sonja zu uns.«

»Sonja?«

»Sonja, meine Partnerin oder besser gesagt Ex-Partnerin. Das ist im Moment schwer zu sagen. Sonja ist Psychiaterin und hat in der OJN versucht, ein Netzwerk für psychisch Kranke aufzubauen, eine Anlaufstelle für Menschen ohne

Krankenversicherung. Was schwierig war, weil depressive Patienten schwerlich in eine Ambulanz kommen und wir keine stationäre Therapie anbieten konnten. Fréijart war einer von ihnen. Er steckte damals in einer Krise. Über die Arbeit in der OJN hat er wieder Mut gefasst.«

»Du lebst mit einer Partnerin zusammen?« Julie wunderte sich selbst über die Direktheit ihrer Frage. Vielleicht fiel es ihr jetzt mit der Distanz am Telefon leichter, in private Bereiche vorzudringen.

»Nein.«

Robert machte eine Pause.

»Nein, da war dieser Vorfall. Der Vorfall mit Zoubida. Eine von Sonjas Patientinnen. Eine traumatisierte junge Frau, die aus Afghanistan flüchten konnte und in Paris von der OJN unterstützt wurde. Als sie durch einen Zufall von der Polizei aufgegriffen wurde, hat sie versucht, sich in der Zelle das Leben zu nehmen. Bei der Untersuchung, die dann eingeleitet wurde, konnte Zoubida so viel über die OJN und insbesondere über Sonja berichten, dass unverzüglich eine Vorladung an Sonja geschickt wurde. Das war's dann. Sonja hat Panik bekommen. Die Aussichten standen schlecht. Eine Gefängnisstrafe, der Entzug der Zulassung, so viel stand auf dem Spiel. Sie hat sehr schnell reagiert, wie wenn sie das schon länger geplant hätte. Sie hat nur eine Tasche gepackt und ist mit Jonas unverzüglich nach Deutschland gefahren.«

»Mit Jonas?«, fragte Julie.

»Ja. Mit unserem Sohn.«

»Du und Sonja …?«

»Ja. Die gemeinsame Arbeit, die ganzen Aktionen, die ständigen Treffen hatten uns einander nähergebracht. Ich habe ihre Energie bewundert. Ihre Entschlossenheit, sich für ein Ziel einzusetzen. Wir und die anderen von der OJN – das war schon wie eine Familie. Wir hatten kaum mehr Kontakte zu Menschen außerhalb der Gruppe. Erst mit der Geburt von

Jonas kamen wieder andere Themen in unser Leben. Sonja lernte andere Mütter kennen. Na ja. Wie das dann so ist. Und irgendwie hat sie dann so nach und nach die Vorstellung von einem normalen Familienleben entwickelt. Den Wunsch danach.« Robert verstummte.

»Und jetzt?«

»Jetzt?«, fragte Robert, wie um Zeit zu gewinnen. »Sie wartet auf mich. In Dubai.«

»In Dubai?«

»Ja. In Deutschland konnte sie nicht bleiben. Sie hätte sich verantworten müssen. Sie hat das Angebot ihres Onkels angenommen und arbeitet jetzt seit über einem Jahr in seiner Praxis. Jede Menge reicher, depressiver Privatpatienten. Was für ein Kontrast.«

»Du hast einen Sohn. Und du bleibst trotzdem hier? Er wird ohne dich aufwachsen.«

»Julie. Das weiß ich selbst. Es vergeht kein Tag, an dem ich mir keine Vorwürfe deswegen mache. Und es vergeht kein Tag, an dem ich nicht das Gefühl habe, dass ich hier unbedingt gebraucht werde. Gerade jetzt, wo die Stimmung im Land kippt und das Engagement für Flüchtlinge wieder abnimmt. Ich kann nicht gehen, und ich kann auch nicht bleiben.« Er räusperte sich. »Und außerdem, ich habe schon viel zu viel jetzt über mich geredet. Dr. Djann.«

Julie schwieg.

Die Sonne begann, mit den Schatten ihres Bananenbaumes ein Muster auf den Teppich zu werfen.

Sie erhob sich.

»Was auch immer du tun wirst. Wir müssen eine Lösung für unsere Zusammenarbeit finden.«

»Das müssen wir wohl.«

»Sehen wir uns Montag im Büro?«

»Ja, ich denke schon.«

»Dann bis Montag.«

Mit langsamen Bewegungen begann Julie, die Decken und Handtücher vom Sofa zu räumen.

Der unerwartete Einblick in sein Leben, den Robert ihr gewährt hatte, warf ein neues Licht auf ihn. Ein Kind, eine Frau in Dubai, der unermüdliche Einsatz für die OJN. Ein Leben zwischen den Welten. Und dennoch die absolute Hinwendung zu Schutzbedürftigen.

›Wir müssen Esme helfen.‹ Der Satz, den Robert eindringlich formuliert hatte, stand immer noch im Raum. Aber wie sollte man einem Kind helfen, das die Hilfe gar nicht annehmen wollte? Was hatte dieses Mädchen dazu veranlasst, sich erneut in Gefahr zu begeben? Julie schätzte sie auf vierzehn, höchstens fünfzehn. Irgendwo mussten ihre Eltern auf der Suche nach ihr sein. Oder gab es keine Eltern mehr? War das der Grund für die verzweifelte Flucht?

Sie stopfte die Bettwäsche und Handtücher in die Waschmaschine, schaltete sie an und genoss das beruhigende, gleichmäßige Rauschen.

›Wir müssen doch helfen.‹ Wie oft hatte Julie diesen Satz von ihrer Mutter gehört, wenn wieder einmal eine Reise angestanden hatte, wenn sie sich wieder mal von ihren gerade erst gefundenen Freundinnen verabschieden musste.

Da Rosalie als Koordinatorin vor Ort arbeitete, waren sie oft monatelang in anderen Regionen der Welt gewesen. Bis sie wieder zurückkamen, hatten die Mädchen in Paris schon wieder neue Freundschaften geschlossen, und Julie blieb nichts anderes übrig, als sich wieder mühsam einen Platz im Kreis der Grundschülerinnen und später der Gymnasiastinnen zu erobern.

Als Julie vierzehn war und die Mädchencliquen immer exklusiver und verfeindeter wurden, war dies ein hoffnungsloses Unterfangen. Sie hatte auf ihre Weise aufgegeben und damit begonnen, durch die Stadt zu streunen. Wenn die Schule zu Ende war und die anderen zu ihren Verabredungen gingen, war sie durch Paris gezogen, hatte sich in Kaufhäusern aufgewärmt oder sich im Sommer unter den dichten Bäumen des Jardin du Luxembourg auf einen der metallenen Stühle gesetzt. Sie hatte ein Spiel erfunden, das sie jederzeit spielen konnte. Sie zählte die vorbeigehenden Passanten, und bei der hundertsten Person, stellte sie sich vor, sie wäre auf irgendeine Weise mit ihr verwandt. Sie dachte sich Geschichten aus, wie diese Verwandtschaft zu Tage treten könnte. Einmal traf die Zählung auf eine alte Frau, und Julie stellte sich vor, wie schön es wäre, sie als Großmutter zu haben. Bei einer weniger vertrauenserweckenden Gestalt entwickelte sie die Phantasie, die Schwester eines berüchtigten Kriminellen zu sein, die in einem Gerichtsprozess als Zeugin aufgerufen würde. Seltsamerweise war sie nie einer Vaterfigur begegnet.

Wenn ihre Mutter abends nach Hause gekommen war und sie gefragt hatte, wie ihr Tag gewesen sei, hatte sie Freundinnen erfunden, mit denen sie zusammen die Hausaufgaben gemacht hätte. Müde von der Arbeit hatte Rosalie wenig Fragen gestellt und auch nicht bemerkt, dass Julie die Namen ihrer angeblichen Freundinnen jedes Mal ausgetauscht hatte.

Als Julie später einen Studienplatz in Rennes erhalten hatte, hatte sie den Auszug aus der gemeinsamen Wohnung als Erleichterung empfunden. Im Studentenwohnheim mit den vielen internationalen Studentinnen hatte sie schnell Freundschaften geschlossen. Es war ihr leicht gefallen, sich auf die neue Umgebung einzustellen, und schon nach wenigen Monaten hatte sie sich auf seltsame Weise sesshaft gefühlt.

Sie machte sich an den Abwasch. Es war fast Mittag. Frédéric hatte sich noch nicht gemeldet. Es musste wohl spät geworden sein mit den Kollegen. Sie würde ihn später anrufen.

Wie sie ihre Arbeit mit Robert fortsetzen würde, war ihr ein Rätsel. Wichtig war, dass erst mal keiner im Krankenhaus etwas davon erfuhr. Auch Frédéric nicht. Er würde kein Verständnis für solche Aktionen haben, und ein erneuter Streit mit ihm wäre das letzte, was sie jetzt gebrauchen konnte. Auch Marie-Claire durfte nichts davon erfahren. Julie musste Zeit gewinnen, nachdenken, einen Plan machen.

»Was hindert mich daran, diesen Robert ans Messer zu liefern?«, sinnierte Julie. Sie trocknete das Geschirr ab und blickte dabei aus dem Fenster. Irgendwo da draußen war Esme.

Als die Tassen im Schrank verstaut waren, ging sie zurück ins Wohnzimmer. Der kleine Stoffhase saß mit eingeklappten Ohren inmitten eines Sonnenflecks am Kopfende des Sofas.

Julie hob ihn auf. Sein Bauch war mit kleinen Körnchen gefüllt. Wie die Kuscheltiere von Kleinkindern. Sie kraulte das Fell des Hasen. Sein rechtes Ohr hatte einen großen, verkrusteten Fleck, und auch insgesamt schien er schon lange keine Waschmaschine mehr von innen gesehen zu haben.

Der Junge, der ihn gebracht hatte, war bestimmt nicht mehr in dem Alter für Kuscheltiere. Was hatte Robert erzählt? Er würde direkt in der Wohnung unter ihr wohnen?

»Komm her, mein Kleiner«, murmelte Julie. »Ab nach Hause.«

Sie würde diesem Jungen einen Besuch abstatten. Vielleicht konnte er ihr mehr über Esme erzählen.

Sie nahm eine Jacke vom Haken und zog ihre Laufschuhe an. Sie brauchte ohnehin dringend Bewegung.

Über die Treppe gelangte sie in den zwölften Stock und fand die entsprechende Türe. An der Klingel war kein Namensschild angebracht. Sie zögerte. Dann klingelte sie, wartete und drückte nach einer Pause noch mal entschiedener den runden Knopf. Schlurfende Schritte waren zu hören, und leise Geräusche an der Tür verrieten, dass sie durch den Spion begutachtet wurde. Sie versuchte zu lächeln, brachte aber nur ein kurzes Breitziehen der Mundwinkel zustande.

»Bonjour«, setzte sie an, als die Türe ein Stück weit geöffnet wurde. Eine Frau, vielleicht in Julies Alter, vielleicht auch jünger, lehnte sich in den Türrahmen.

»Was gibt's?«, fragte sie eher müde als unfreundlich.

»Bonjour«, wiederholte Julie. »Ich bin Julie Djann. Ich wohne in der Etage über Ihnen. Ein Junge, ihr Sohn, war gestern bei mir. Er hat etwas vorbeigebracht. Sie haben doch gestern Esme hier aufgenommen.«

Julie hielt inne.

Der Blick der Frau wirkte seltsam vernebelt. Julie hatte nicht den Eindruck, dass sie verstand, wovon sie redete.

Die Tür wurde noch ein Stückchen weiter aufgezogen. Ein kleines Mädchen erschien hinter der Frau. Sie reichte ihr bis an die Hüfte und hielt sich an ihrem Morgenrock fest.

»Nounou, geh in dein Zimmer«, sagte die Frau, und Julie bemerkte, wie viel Anstrengung es sie kostete, eine gewisse Entschiedenheit in den Satz zu legen.

Das Mädchen rührte sich nicht und starrte mit großen braunen Augen unverwandt den Stoffhasen an, den Julie in ihrer Hand hielt.

»Ist das deiner?«

Das Mädchen schwieg. Julie begab sich in die Hocke und näherte sich ihr mit dem Hasen. Das Mädchen nickte fast unmerklich, dann griff sie zu und presste das Plüschtier an sich. Sie umklammerte es mit beiden Armen, wie um die Besitzrechte ein für alle Mal zu klären.

»Mein Sohn ist nicht hier«, sagte die Frau und schloss die Türe, noch bevor sich Julie wieder aufgerichtet hatte.

»Bonne journée«, murmelte Julie und ging in Richtung Treppenhaus.

Esme

Als Jérôme das Ende der Treppe erreicht hatte und nach rechts zu den Ticketautomaten abbog, war Esme bereits von zwei Uniformierten umstellt. Hatte sie versucht, vor ihren Augen über die Absperrung zu klettern?

»Deinen Fahrschein, bitte«, hörte Jérôme den Jüngeren sagen, und der Ältere griff Esme am Ärmel. Esme schwieg und machte keine Anstalten, sich zu bewegen.

»Amélie, da bist du ja«, eilte er zu ihnen. »Du sollst doch auf mich warten. Entschuldigen Sie, das ist meine Schwester. Sie ist Autistin. Sie spricht nicht.«

Esmes Gesicht blieb ausdruckslos. Sie bewegte sich mit kleinen Schritten zu Jèrome, bis sie schließlich an seiner Seite stand.

Der Uniformierte, der Esme festgehalten hatte, warf Jérôme einen prüfenden Blick zu. »Pass besser auf deine Schwester auf. Sie kann hier leicht verloren gehen.«

Ohne ein weiteres Wort zu Esme drehten sie sich um und patrouillierten weiter über den Bahnsteig.

Jérôme, der den Arm um Esme gelegt hatte, spürte durch die Jacke, wie Esmes Herz heftig klopfte. Sie passierten die Absperrung und betraten den ersten Zug, der in Richtung Gare du Nord fuhr. Es war nicht schwer, einen Sitzplatz zu finden. Das Wochenende gönnte vielen Pendlern eine kleine Pause in der andauernden Wellenbewegung, die sich wie Ebbe und Flut über die Stadt ergoss.

Einzelne Fahrgäste saßen müde auf ihren Plätzen. Viele hielten die Augen geschlossen oder waren mit ihrem Handy beschäftigt. Die Touristen würden erst an der Porte de Pantin zusteigen. Esme betrachtete den Verband an ihrer linken Hand.

»Wo willst du eigentlich hin?«, fragte Jérôme. Und als sie nicht antwortete, fügte er noch etwas lauter »Esme?« hinzu.

»Ich muss meine Schwester finden.«

»In Paris?«

Sie nickte.

»Wo in Paris?«

Er konnte sehen, wie sich ihre Augen mit Tränen füllten.

Mit einer raschen Bewegung wischte sie sich mit dem Handrücken über die Wangen. Sie zuckte mit den Schultern.

»Wo willst du anfangen? Wo fährst du jetzt hin?«

»Ourcq«, sagte sie und wiederholte: »Ich fahre nach Ourcq.«

Und nach einer Pause fügte sie hinzu:

»Ich werde sie finden.«

»Ich komme mit«, sagte Jérôme und verschränkte die Arme vor seiner Brust.

Als sie in Ourcq wieder aus der U-Bahn auftauchten, hatten sich hellgraue Wolken vor die Sonne geschoben. Aus einer Bäckerei strömten Kunden mit bunten, glänzenden Pappkartons in den Händen. In der Rue d'Hautpoul wurden sie von einer kleinen Gruppe italienischer Touristen überholt, die bergauf zum Parc des Buttes-Chaumont strebte. Unter großem Gelächter schienen sie alle gleichzeitig zu reden.

Dann wurde es ruhiger. Einzelne Passanten in langen Gewändern deuteten darauf hin, dass sie immer noch weit vom Zentrum entfernt waren. Doch immerhin, wer hier wohnte, der hatte es geschafft, eine der begehrten Adressen *sur Paris* zu ergattern – beinahe schon eine Eintrittskarte in das gesellschaftliche Leben der Stadt.

»Wir gehen zu Sahid«, sagte Esme. »Meine Tasche ist noch bei ihm. Und überhaupt, er ist der Einzige, der vielleicht weiß, wo wir suchen müssen.«

»Sahid?« Jérôme blickte auf. »Welcher Sahid?«

Im Tageslicht schien ihm Esmes Blässe noch deutlicher. Sie nahm fast eine bläuliche Färbung an.

»Sahid.« Wiederholte Esme. »Sie wohnen zusammen.«

»Ihr Mann?«

»Ihr Verlobter.«

Am Café du Midi bogen sie um die Ecke und standen kurz darauf vor dem Haus, in dem sich seine Wohnung befand. Esme drückte auf die Klingel.

»Er ist nicht zuhause«, sagte Jérôme.

In dem Moment kam eine Frau mit ihrem kleinen Terrier auf dem Arm die Treppe herunter und öffnete von innen die schwere Eingangstüre. Esme lächelte. »Bonjour Madame«, und beide glitten hinter ihrem Rücken ins Innere des Hauses.

Vor der Türe zu Sahids Appartement blieb Esme stehen. Sie begann zu zittern. Sie hätte nicht sagen können, ob dies von der Anstrengung der letzten Tage herrührte oder daher, dass sie sich wieder dem Ort näherte, an dem das gewaltsame Zusammentreffen mit den beiden Männern stattgefunden hatte. Sie erinnerte sich, wie einer der Männer sie hinter dem Paravent hervorgezerrt hatte und sie wie ein seltenes Tier, das man begutachtet, angestarrt hatte.

»Ich hab da was gefunden«, hatte er dem anderen zugerufen. Und als dieser das Zimmer betrat, hatte er gegrinst und hinzugefügt: »Vielleicht kann Sahid uns ja auch damit entschädigen.«

»Lass den Quatsch«, hatte der andere geantwortet und sich weiter daran gemacht, Schubladen aufzuziehen und den Inhalt auf den Boden zu kippen. Doch er hatte nicht von ihr abgelassen. Hatte sie aufs Bett geworfen und sich schließlich mit seinem Gewicht auf sie gelegt. Mit der einen Hand hielt er ihre rechte Hand im Klammergriff und mit der anderen machte er sich an ihrer Jeans zu schaffen. Das war der Moment, in dem sich Esme der Glasscherbe in ihrer Linken bewusst wurde, nicht zuletzt deswegen, weil sie sie so fest gepackt hatte, dass das Glas ihr bereits in die Finger schnitt. Es gelang ihr, die Hand in Kopfhöhe zu ziehen. Dann drückte sie ihm die Spitze der Glasscherbe mit aller Kraft ins Auge.

Zuerst gab er nur einen stumpfen Laut von sich und rollte von ihr herunter. Dann stieß er einen lauten Schrei aus.

»Verflucht. Was ist los?«, rief der andere aus der Küche und stand im nächsten Augenblick im Zimmer. Er beugte sich über den blutenden Mann. Den Moment nutzte Esme, rannte an ihm vorbei zur Türe. Sie steckte ihre Hand in die Hosentasche, um die Blutung wenigstens etwas aufzuhalten. Sie rannte aus dem Haus, die Straße entlang, bog um einige Ecken, bis sie den Hofeingang fand, sich hinter den Mülltonnen versteckte und schließlich dort in den Dämmerzustand versank, in dem der Alte sie gefunden hatte.

Sie blickte auf ihre Hand. Der Verband lag fest an, und obwohl die Hand etwas pulsierte, war kaum noch Schmerz zu spüren. Sie hatte Glück gehabt. Großes Glück.

»Hey.« Jérôme hielt den Türknauf in der Hand und zog die Tür langsam zu sich. »Ist nicht zu«, flüsterte er.

»Sahid?« Esmes Stimme drang leise in den Flur. Keine Reaktion. Auf Zehenspitzen betraten sie die Wohnung. Ein säuerlicher Geruch drang ihnen in die Nase. Vorsichtig öffneten sie die Türe des einzigen Zimmers.

Sahid lag auf dem Bauch, quer über seinem Bett, den Kopf zur Seite gedreht in einer Pfütze von Erbrochenem. Sein Gesicht war blutverkrustet.

Jérôme ging langsam auf ihn zu, während Esme, deren Schwäche schlagartig verflogen war, mit flinken Bewegungen die Küche, das Badezimmer und den Abstellraum inspizierte.

»Keiner mehr da«, sagte sie zu Jérôme, der neben Sahid kniete.

»Er atmet«, sagte Jérôme, und Sahid begann, leise zu wimmern.

Die Pizza war kalt geworden. Kalt und an den Rändern ausgetrocknet. Der Käse war zu einer festen Schicht verklebt. Esmes Finger glänzten. Sie kaute verhalten. Es war nicht leicht, Sahid zu verstehen. Sein Gesicht war geschwollen, und er bewegte kaum die Lippen.

Jérôme hatte ihm das Blut aus dem Gesicht gewaschen, und jetzt, wo er wieder auf einem Stuhl ihr gegenüber an dem Tischchen saß, gehörte er wenigstens wieder zu den Lebenden.

Wie lange die Pizza schon in dem Karton gelegen hatte? Schwer zu sagen. Ihr versierter Blick hatte die Reste auf Schimmelspuren gescannt und die Erlaubnis erteilt. Essen. Jetzt.

Jérôme saß blass auf dem Hocker neben ihr und ließ den Blick nicht von Sahid.

»Sie waren zu zweit«, sagte Sahid.

»Sie suchen. Sie suchen immer noch das Geld.«

Er machte eine Pause.

»Und ich weiß jetzt auch, warum Milena es genommen hat.«

»Milena? Warum Milena?«

»Weil deine Schwester Geld gebraucht hat für einen Test.«

»Was für einen Test?«

»Einen Vaterschaftstest.«

Esme schluckte. Es war still im Raum.

Schließlich zog Sahid die kleine Schublade des Tisches auf. »Das kam gestern mit der Post.« Er legte einen Umschlag auf den Tisch, und als keinerlei Reaktion von Esme und Jérôme erfolgte, holte er einen Brief heraus. »Es ist eine Mahnung.« Er strich sie mit der linken Hand glatt. »Eine Mahnung über 250 € von dem Labor, das die Proben ausgewertet hat. Genug Geld hat sie. Sie hat 3.000 € aus dem Umschlag genommen und sie hat die Waffe mitgenommen.«

»Welche Waffe?«

»Die aus der Schublade.«

Esme blickte ihn fragend an. »Wofür eine Waffe?«

»Esme, mit den Dealern ist nicht zu spaßen. Manchmal braucht es eben eine Waffe.«

»Drogen?«, mischte sich jetzt Jérôme ein.

»Milena hat keine Drogen genommen«, fuhr Esme ihn an.

»Nein, hat sie nicht«, sagte Sahid. »Aber wir brauchen das Geld. Ich muss jeden Tag an die Uni und abends für die Prüfungen lernen. Milenas Au-Pair-Stelle ist zu Ende, und ihr Visum ist bald abgelaufen. Sie hat nur den Job als Aushilfe im Café bekommen. Davon können wir nicht leben. Es sollte ja nur die Zeit überbrücken, bis ich mein Studium beendet habe.«

Er schloss für einen Moment die Augen. Das viele Sprechen hatte ihn angestrengt.

»Aber das ist ja jetzt sowieso alles egal«, setzte er tonlos hinzu.

»Egal?«, fuhr Esme auf. Sie schleuderte den Pizzarest in den Karton und griff nach dem Schreiben auf dem Tisch. Ihre Finger hinterließen große fettige Kreise. »Egal? Milena ist mit einer Waffe unterwegs. Die Drogenkuriere sind hinter ihr her. Und dann der Test? Was hat der überhaupt damit zu tun?« Sie ließ das Blatt vor Sahid auf den Tisch zurückfallen. »Kennst du das Ergebnis?«

Sahid schüttelte den Kopf. »Bis gestern habe ich selbst davon nichts gewusst.« Er nahm sein Handy aus der Hosentasche und gab die Adresse des Instituts ein. »Das ist gar nicht weit von hier.«

Als er das Handy neben den Brief auf den Tisch legte, war das Bild einer lächelnden jungen Frau zu sehen.

»Die kenne ich«, sagte Jérôme.

Fréijart seufzte. Er ließ sich langsam in die Polster sinken. Diese Sessel waren eigentlich viel zu tief für ihn. Und manchmal, wenn er in einem dieser Plüschungetüme eingeschlafen war, musste Maria ihn an beiden Armen ziehen, damit er wieder aufstehen konnte. Er suchte eine Position, in der er einigermaßen schmerzfrei sitzen konnte.

Maria hatte das Geschirr nach dem Abendessen in die Küche gebracht, und dem lauten Geklapper konnte er entnehmen, dass sie sich an den Abwasch gemacht hatte.

»Was mich immer noch wundert«, sagte sie und stand plötzlich mit aufgekrempelten Ärmeln im Türrahmen, »ist, dass da eine Ärztin direkt über Fardia wohnt.«

»Ja. Dr. Djann.«

Sie trocknete das Wasserglas vorsichtig ab und ging wieder in die Küche. »Magst du noch einen Tee, Abii?«

»Nein, später vielleicht.«

Er hatte ihr nicht erzählt, dass ihm der Name bekannt vorgekommen war. Sehr bekannt. In Algerien, als sie noch nicht verheiratet waren, hatte er die Bekanntschaft einer Ärztin gleichen Namens gemacht. Sie hatte auf der Transitstrecke in den Norden Halt gemacht.

Er hatte den Bau der neuen Wasserschöpfräder in El Golea beaufsichtigt und hatte noch ein paar Tage Zeit, bevor er wieder abreisen musste. Es war Anfang der 1980er-Jahre gewesen. Die Zeit, bevor die Ölpreise gefallen waren und Algerien wieder auf ein wirtschaftliches und politisches Chaos zusteuerte.

Sein Ingenieurbüro hatte viele Aufträge gehabt, hauptsächlich für Bewässerungsanlagen, und er hatte sich schon darauf gefreut, wieder nach Algier zu fahren, der Wüste für eine Weile den Rücken zu kehren.

Am letzten Tag der Bauarbeiten war ein Mitarbeiter vom Baugerüst gestürzt. Es war nicht hoch, vielleicht drei Meter, aber er fiel so unglücklich, dass er das Bewusstsein verlor.

Fréijart war über den Platz in ein Café gerannt und hatte dem Besitzer zugerufen, er solle so schnell wie möglich einen Arzt rufen. Ohne zu zögern hatte sich eine Frau aus der Gruppe der Gäste gelöst und war auf ihn zugeeilt.

»Ich bin Ärztin.«

Sie war mit ihm gekommen, hatte Atmung, Puls und Pupillenreflexe kontrolliert und ihn vorsichtig abgetastet. Äußerlich waren keine Verletzungen zu sehen gewesen. Sie war bei ihm geblieben, bis Helfer ihn mit ihrem Wagen zum Krankenhaus brachten. Aus Dankbarkeit und weil ihn irgendetwas an ihr rührte, hatte er gewagt, sie zum Essen einzuladen. Und sie hatte angenommen. Der Abend und die darauffolgende Nacht hatte sich wie ein verlangsamter Film in Fréijarts Erinnerung gespeichert.

Rosalie Djann. Sie befand sich mit Kollegen auf einer Erholungsreise nach einem Auslandseinsatz für die Hilfsorganisation, für die sie arbeitete.

Sie verabredeten sich in dem Restaurant, in dem Fréijart sich tags zuvor mit seinen Auftraggebern getroffen hatte.

Er bestellte Couscous für beide. Als der Begrüßungstee kam, bereute er die Einladung fast schon wieder. Sie war Französin und wirkte irgendwie fehl am Platz an dem rustikalen Tisch. Außerdem schwieg sie die meiste Zeit. So kam es, dass er fast den ganzen Abend redete, über Wassergewinnung, Ökologie, seine Liebe zur Landschaft, wenn sie unter dem Einsatz der Bewässerung zu grünen begann und fruchtbar wurde.

Schließlich begann sie doch zu erzählen, von ihrem Großvater, der Bauer war und Äcker in der Normandie bewirtschaftete. Sie musste einen großen Teil ihrer Kindheit auf dem Gehöft der Großeltern verbracht haben. Zwischen Pferdewagen, Traktoren und allerlei Nutzvieh.

Und je mehr sie sich daran erinnerte, umso mehr leuchteten ihre braunen Augen, und sie schien sich zu entspannen.

»Vielleicht wäre es besser, sich öfter an die eigenen Wurzeln zu erinnern«, sagte sie schließlich, »statt immer durch die Weltgeschichte zu reisen.«

»Oder irgendwo Wurzeln zu schlagen?«, hatte er gefragt.

Die Frage war unbeantwortet geblieben. Sie waren aufgebrochen. Sie hatte es nicht eilig, zu ihren Freunden ins Hotel zu kommen. So machten sie noch einen Spaziergang durch die nächtlichen, kaum beleuchteten Straßen. Die meiste Zeit schweigend, den Geräuschen der Nacht lauschend. Es war ihm vorgekommen, wie wenn er in ihrer Nähe die drückende Heimatlosigkeit seiner Existenz gleichzeitig mit einer seltsamen Empfindung von Geborgenheit erlebte.

Als sie an ihrer gemeinsamen Kreuzung angekommen waren, lehnten sie sich aneinander, und der gemeinsame Gang zu seiner Wohnung hatte sich wie von selbst ergeben.

Im Morgengrauen hatte sie sich mit einem sanften Kuss verabschiedet, wie wenn sie ein Paar wären und sich wie jeden Tag abends wiedersehen würden.

Erst im Laufe des Tages war ihm bewusst geworden, dass sie weg war. Dass sie keine weitere Verabredung getroffen hatten. Dass das Gefühl der innigen Verbindung ihn darüber hinweggetäuscht hatte, dass nichts Dauerhaftes zwischen ihnen bestand. Am Nachmittag war er wieder in das Café neben der Baustelle gegangen, um von dem Wirt zu erfahren, dass die Reisegruppe wieder aufgebrochen war. Sie hatten den Bus nach Algier genommen.

Fréijart stützte sich mit den Händen auf den Armlehnen ab. Der Schmerz nahm zu. Er würde sich bald ins Bett legen und noch zwei von den Kapseln nehmen müssen. Rosalie, dachte er. Viel mehr als ihren Namen und Szenen aus ihrer Kindheit hatte er damals nicht erfahren. Sie hatte kurz die Existenz eines Ex-Mannes erwähnt. Typisch Französin, hatte er noch gedacht. Algerische Frauen ließen sich zu jener Zeit nicht scheiden. Und Kinder hatte sie wohl keine. Vielleicht war sie mit einem Mann aus der Reisegruppe liiert? Aber dann hätte sie wohl keine Nacht lang wegbleiben können. Die Frageschleifen in ihm waren wieder in Gang gekommen, die er wieder und wieder ausgetreten hatte in der Zeit nach ihrer Begegnung.

Als sein Mitarbeiter wieder reisefähig gewesen war und sie mit einem gemieteten Wagen zurückgefahren waren, hatte er noch wochenlang die blinde Hoffnung gehabt, ihr in den Straßen von Algier zu begegnen. Vielleicht waren sie aufgehalten worden? Vielleicht konnte sie sein Ingenieurbüro ausfindig machen? Vielleicht …? Aber nichts von alldem war eingetreten.

Dann waren die Unruhen entstanden. Die Wirtschaftskrise hatte für eine rapide Verschlechterung der Lebensbedingungen gesorgt. Er hatte sich der Protestbewegung angeschlossen, war mit auf die Straße gegangen mit der Forderung nach Demokratie. Und schließlich hatte er Marie kennengelernt. Oder besser gesagt auf eine neue Weise kennengelernt. Sie war die Tochter einer Nachbarin seiner Eltern, und sie kannten sich seit seiner Kindheit. Sie war mittlerweile Witwe geworden, und als sie sich bei der Hochzeit einer seiner Cousins wiederbegegnet waren, war die alte, gegenseitige Vertrautheit schnell in Intimität gemündet. Die Heiratspläne waren von allen Familienmitgliedern sehr begrüßt worden. Manchmal fragte sich Fréijart, ob nicht sogar seine mittlerweile verstorbene Mutter maßgeblich an der Herbeiführung der Ehe beteiligt gewesen war. Es wurde eine gute Ehe. Sie konnten sich aufeinander verlassen. Wenn auch Marie nichts für seine politischen Aktivitäten übrig hatte, kritisierte sie sein Engagement in keiner Weise.

Als Anfang der 1990er-Jahre die Islamische Heilsfront die Wahlen gewonnen und die Armee sich daraufhin an die Macht geputscht hatte, hatte ein Bürgerkrieg begonnen, der für ein ganzes Jahrzehnt Angst und wirtschaftliche Not erzeugen sollte. Fréijart hatte seine noch bestehenden Kontakte aus seiner Studienzeit in Frankreich genutzt, um mit Marie dem Krieg zu entkommen.

Was wäre aus ihnen geworden, wenn sie in Algerien geblieben wären? Hätte er es geschafft, sein Ingenieurbüro zu halten? Hätte Marie nicht wie hier in Paris als Putzhilfe arbeiten müssen, um ihr Überleben zu sichern, als Fréijart keine Aufträge mehr bekommen hatte? Immerhin, sie waren am Leben, und durch seine Arbeit bei der OJN hatte er das Gefühl, immer noch einen Beitrag für eine gerechtere Welt leisten zu können.

»Du sitzt ja hier im Dunkeln.« Marie kam mit einer Tasse Tee in der Hand ins Wohnzimmer. Mit einem Blick auf die Schweißperlen auf seiner Stirn ging sie zurück in die Küche und brachte ihm zwei kleine Kapseln, die sie ihm vor die Lippen hielt.

»Warte nicht länger, Abii«, sagte sie. Nachdem er beide geschluckt hatte, fuhr sie ihm zärtlich durchs Haar. »Lass uns zu Bett gehen.«

Julie

Nachdem Julie gefrühstückt hatte, hätte sie sich am liebsten gleich wieder ins Bett gelegt. Montag, eine volle Arbeitswoche lag vor ihr, und das Wochenende war alles andere als erholsam gewesen. Am Sonntag hatte sie versucht, Frédéric zu erreichen. Er hatte ihr nur eine verkaterte Nachricht hinterlassen, dass es ihm nicht gut ginge. »Gute Besserung und bis bald«, war ihre Antwort. Den Rest des Tages hatte sie über Esme nachgedacht, über Robert und die ganze verfahrene Situation ihrer Arbeit im Krankenhaus. Um sich abzulenken, hatte sie ein Couscous zubereitet und die Küche und die Wohnung wieder in Ordnung gebracht. Dann war sie auf dem Teppich im Wohnzimmer eingeschlafen, den Kopf auf der zusammengerollten Decke, die Esme benutzt hatte.

Los jetzt, trieb sie sich an. Sie nahm ihre Tasche in die Hand. Eine Jacke würde sie heute nicht brauchen. Der September zeigte sich von seiner schönsten Seite.

Als sie vor dem Krankenhaus stand, zögerte sie. Die Uhr in der Eingangshalle zeigt halb neun. Es war noch Zeit für einen kurzen Besuch bei ihrer Mutter. Sie verließ die Halle wieder und ging den kurzen Weg zu Fuß zum Pflegeheim.

»Bonjour Madame Djann. Wir haben heute gar nicht mit Ihnen gerechnet.« Die Pflegerin lud einen großen Wäschekorb auf dem Servierwagen neben sich ab.

»Bonjour Suzanne. Ich wollte nochmal nach meiner Mutter sehen. Am Freitag war sie so unruhig.«

»Das ist schön. Aber machen Sie sich keine Sorgen. Sie hat sich schon wieder beruhigt.«

Julie blieb stehen. Suzanne war eine der Pflegerinnen, die sich am meisten Zeit für ihre Mutter nahm.

»Wenn ich nur wüsste, wovor sie solche Angst hat.«

Suzanne war damit beschäftigt, die Wäsche in ein kleines Regal zu sortieren. »Ihre Mutter hat viel erlebt«, sagte sie, ohne aufzublicken. »Wer weiß, was ihr jetzt alles wieder in den Sinn kommt.«

»Ja. Wer weiß«, wiederholte Julie. Rosalies Stimmung war für sie unberechenbar geworden. Am Freitag hatte sie sich Sorgen um die Unruhen an der Universität gemacht. Die Woche davor hatte sie eine Stunde lang geweint, weil sie Kindern nicht hatte helfen können. »Sie haben doch nur auf der Straße gespielt«, hatte sie immer wieder gesagt, »und jetzt sind alle tot.« Sie hatte sich nicht beruhigen lassen, hatte tonlos weitergeweint, bis sie schließlich eingeschlafen war. Julie fürchtete mittlerweile die Geschichten, bei denen sie weniger das Leid der Kinder oder der anderen Beteiligten rührte als die zunehmende Hilflosigkeit, die sich in Rosalie ausbreitete.

Als sie Rosalies Zimmer betrat, fand sie sie schlafend vor. Sie lag schräg im Bett, wie wenn sie selbst in diesem kleinen Raum die Orientierung verloren hätte. Ihr Atem kam leise und stoßweise.

»Maman«, flüsterte Julie mehr zu sich selbst. Sie stellte ihre Tasche auf der Fensterbank ab und setzte sich auf den Stuhl neben Rosalies Bett. Sie legte ihre Hand sachte auf die Bettdecke neben Rosalies Hand. Sie blickte aus dem Fenster und konnte in einiger Entfernung die Zweige eines Kiefernbaumes sehen, die vom Wind leicht bewegt wurden.

»Maman«, sagte sie noch einmal, und plötzlich wurde ihr bewusst, dass dieses Wort eines Tages nicht mehr zu ihrem Wortschatz gehören würde. Wie viel Zeit blieb ihr noch? Ihr und Rosalie. Mit siebzig Jahren war Rosalie noch nicht sehr alt, und ihre schnell fortschreitende Demenz konnte ihr noch viele Jahre des selbstvergessenen Lebens ermöglichen. Doch Dr. Martinez hatte ihr vor zwei Wochen dargelegt, dass sich ihre Nierenwerte drastisch verschlechtert hätten.

Er hatte auf weitere Maßnahmen gedrängt, die Julie allesamt abgelehnt hatte. Rosalie hatte in ihrer Patientenverfügung lebensverlängernde Maßnahmen im Falle einer fortschreitenden Erkrankung oder schwerer Demenz verboten. »Ich will nicht enden wie eine Qualle, die durch einen Tropf am Leben gehalten wird«, hatte sie gesagt und Julie den Umschlag in die Hand gedrückt. »Wenn ich lebe, will ich mich bewegen, und wenn ich das nicht mehr kann, will ich auch nicht mehr leben.« Julie hatte damals nichts erwidert. Als Ärztin wusste sie um die Bedeutung des Dokuments. Dennoch hatte sie sich nicht vorstellen können, dass Rosalie eines Tages so schwach sein würde. Die starke und stolze Dr. Djann, die so vielen geholfen hatte.

Rosalie seufzte kurz, hob ihre Hand, schlief dann aber weiter. Julie strich die Decke glatt.

Wann hatten sie jemals in Ruhe so viel Zeit miteinander verbracht, als Rosalie noch gesund gewesen war? Zu dem letzten gemeinsam geplanten Urlaub in Algerien war es nicht mehr gekommen. Immer war etwas dazwischengekommen, oder die Energie hatte schlicht nicht ausgereicht, um die konkrete Planung voranzutreiben. Und so blieben ihr nur die Erzählungen über die Wüste und die Städte von einem Land, das Rosalie sehr geliebt haben musste und das eines der wenigen Länder war, in das sie nicht wegen eines Arbeitseinsatzes gereist war.

»Schade, Maman«, murmelte Julie. »Wir haben's nicht geschafft, noch mal dahin zu fahren.« Sie fühlte sich plötzlich sehr müde. Was hatte dieses ganze Leben für einen Sinn, wenn man am Ende schräg in einem Bett lag und alles sich aufzulösen begann?

Julie richtete sich auf. Sie musste los. Länger konnte sie das Gespräch mit Robert nicht mehr aufschieben.

Ihre Mutter hob den Kopf und öffnete die Augen: »Julie. Wie gut, dass du da bist.« Sie lächelte. »Die Medikamente sind angekommen.« Ihre Augen strahlten. »Wir können die Kinder versorgen.«

»Das freut mich, Maman«, antwortete Julie und ergriff ihre Hand.

»Bereite alles vor, Julie. Ich komme gleich.«

Mit einem zufriedenen Gesichtsausdruck ließ sie sich zurück in das Kissen sinken. Wenige Atemzüge später war sie wieder eingeschlafen.

»Ruh dich aus, Maman«, sagte Julie. Sie legte die Hand ihrer Mutter wieder auf die Bettdecke. »Bleib hier. Ich werde ihnen die Medikamente selbst geben.«

Sie stand auf, nahm ihre Tasche von der Fensterbank und verließ das Zimmer. Auf dem Flur wählte sie die Nummer von Robert. Er war sofort am Telefon. »Ich habe eine Entscheidung getroffen«, sagte Julie. »Sei bitte in einer halben Stunde im Büro.«

»Ich werde da sein«, sagte Robert und legte auf.

Julie betrat das Büro wenig später. Robert saß an seinem Computer und starrte auf den Bildschirm. In der Mitte des Tisches hatte er einen Teller mit Croissants und Brioches gefüllt. Als sie ihre Tasche abgestellt hatte, stand er auf und kam mit einem Becher Kaffee auf sie zu. Sie nahm dankend an.

»Julie.« Er fuhr sich mit der Hand durch die Haare. »Es tut mir leid. Wir hätten nicht ohne …«

Julie winkte ab. Sie stellte ihren Kaffee vor sich auf den Tisch. »Gibt es irgendwelche Neuigkeiten von Esme?«

»Nein. Nichts.«

»Ich habe nachgedacht«, sagte Julie. »So kann es nicht weitergehen.«

Robert blickte sie fragend an. Sein Blick hatte etwas. Flehendes. »Was wirst du tun?«, fragte er.

Julie nahm einen Schluck von ihrem Kaffee. Er schmeckte süß. Wie sie ihn mochte.

»Wir müssen was ändern«, sagte sie.

Robert kam näher. Die kleinen Falten um seine Augen schienen tiefer geworden zu sein. Er atmete hörbar.

»Wir müssen die Illegalen aus der digitalen Diagnostik raushalten«, sagte Julie. »Es ist viel zu gefährlich.«

Robert kniff fast unmerklich die Augen zusammen.

»Und dann? Schicken wir sie zurück auf die Straße, wo sie hergekommen sind?«

»Nein«, sagte Julie. »Das tun wir nicht. Wir werden sie außerhalb diagnostizieren.«

»Wir?«

»Ja. Nicht wir beide allein. Aber wenn wir ein paar dezentrale Stellen schaffen, ist das allemal machbarer, als wenn sie in der diagnostischen Abteilung auffallen.«

»Und der Diagnosecode?«

»Robert, wenn es dir gelungen ist, die Daten für den Zugang zur Diagnostik zu fälschen, dann muss es doch auch eine Möglichkeit geben, die extern ermittelten Daten in das System einzuflechten.«

»Mal sehen«, sagte Robert. »Bist du dir sicher, dass du mit uns arbeiten willst?«

»Sehe ich so aus, wie wenn ich einen Scherz mache, Robert?« Julie verschränkte die Arme. Die Andeutung eines Lächelns lief über sein Gesicht.

Sie fuhr fort: »Aber ich erwarte ab jetzt absolutes Vertrauen zwischen uns. Ich möchte über alles informiert sein. Was du tust, darf nicht mehr hinter meinem Rücken geschehen.«

Robert ging auf sie zu, blieb jedoch sofort stehen, als in scharfem Ton ihre Frage folgte:

»Hast du mich verstanden?«

Er nickte.

»Außerdem werde ich mit Ex-Kolleginnen meiner Mutter sprechen. Sie sind schon im Ruhestand, alles erfahrene Ärztinnen. Sie waren lange politisch engagiert. Ich kann mir vorstellen, dass sie uns bei der Diagnostik unterstützen werden.«

»Danke«, sagte Robert. »Ich habe dich wohl unterschätzt. Ich bin froh, dass wir jetzt …«, und hier machte er eine Pause, »richtig zusammenarbeiten.« Er streckte ihr seine Hand entgegen und sie ergriff sie. Sie war kühl und warm zugleich.

»Danke dir«, sagte Julie.

»An die Arbeit.«

Der restliche Vormittag verstrich schnell. Julie führte mehrere Telefonate und konnte Celine, eine ehemalige Kollegin ihrer Mutter, für ein erstes Treffen gewinnen. Zwei der mit der OJN kooperierenden Praxen sagten zu, an den Abenden ihre Räume für die Diagnostik zur Verfügung zu stellen.

Robert verschwand für eine Stunde, und als er wiederkam, hatte er ein triumphierendes Lächeln auf den Lippen. »Es klappt«, sagte er. »Unsere Jungs werden den Code und die restlichen Daten direkt in das Abschlussformular einspeisen. Wir müssen nur noch die Praxen miteinander vernetzen. Das ist die Eintrittskarte für jede Behandlung.« Er setzte sich auf seinen Bürostuhl und drehte sich hin und her. »Wann willst du anfangen, Julie?«

Sie sah auf. Seine Freude war ihm anzumerken.

Ohne ihre Antwort abzuwarten, begann er, den Tisch zu umkreisen und in Windeseile in sein Smartphone zu tippen. »Wir haben dringende Fälle. Könntest du heute Abend schon starten?«

»Okay, aber erst mal brauche ich was zu essen«, sagte sie. »Kommst du mit in die Kantine?«

Er kam hinter ihrem Stuhl zum Stehen. »Julie«, sagte er. »Das kann funktionieren.«

Wenige Minuten später saßen sie sich in der Kantine gegenüber. Julie hatte sich für Pasta mit Lachs entschieden, und Robert arbeitete sich durch ein farblos aussehendes

Tofuschnitzel, das wohl der ausgerufenen *Semaine de la santé* zu verdanken war.

Sie aßen schweigend, nur von kurzen Kommentaren über das Essen unterbrochen.

Plötzlich tauchte Marie-Claire bei der Essensausgabe auf. Sie steuerte direkt in ihre Richtung. Mit ihrem Tablett mit Suppe, Salat und einem Getränk ging sie hochkonzentriert an den Stuhlreihen entlang und hielt nach einem freien Platz Ausschau.

Julie und Robert duckten sich gleichzeitig und drehten ihren Blick zum Fenster. Als Marie-Claire eine Kollegin entdeckte und neben ihr Platz nahm, richteten sie sich wieder auf, wandten sich einander zu, und ob der Gleichzeitigkeit ihrer Reaktion begannen beide zu lachen. Erst dezent, dann immer lauter, bis die ersten Köpfe an den Nachbartischen sich zu ihnen umdrehten.

»Auf gute Zusammenarbeit, Julie«, sagte Robert.

Sie wischte sich die Tränen aus den Augenwinkeln. »Zum Wohl«, sagte sie und ergriff ihr Wasserglas.

Esme

»Hier hat sie gestanden?«

»Ja, genau da, wo du jetzt stehst.«

Esme sah auf den Schotterboden unter ihren Füßen, wie wenn sie dort noch Spuren von Milena finden könnte.

»Ich habe sie ab und zu gesehen. Sie arbeitet im Café an dem Stand gleich beim Eingang.« Er machte eine kleine Drehbewegung mit dem Kopf in Richtung Markthalle. »Es muss an einem Samstag gewesen sein. Ich hatte Frühschicht. Sie war aus der Halle gekommen, um zu rauchen. Ich habe ihr Feuer gegeben. Ihre Hände haben gezittert. Übrigens, sie sieht dir gar nicht ähnlich.«

Esme blickte sich suchend um. »Und dann?«

»Tja. Gar nichts. Sie hat mich noch angemacht, dass Rauchen ungesund ist oder so'n Quatsch. Und dann ist sie plötzlich los. In Richtung der Wohncontainer.«

»Container?«, fragte Esme.

»Die wurden gebaut für die Zeitarbeiter«, erklärte Sahid, der etwas abseits stand und an die Wand der Markthalle starrte. »Irgendwelche Leute aus dem Osten.«

»Aus dem Osten«, echote Esme. »Und weiter?«

»Nichts weiter. Ich habe ihr noch nachgesehen, wie sie am Bauzaun stehen geblieben ist. Ich musste dann wieder rein.«

»Wir gehen zum Bauzaun«, sagte Esme.

Sahid und Jérôme folgten ihr zögernd.

Am Zaun angekommen, lehnte sich Esme mit der Stirn an das Metallgitter.

»Was sind das für Wohnwagen?«

»Keine Ahnung«, sagte Jérôme.

»Bevor die Container gebaut wurden, gab es hier eine Art Wagenburg«, sagte Sahid. »Eigentlich sollten die alle wieder verschwinden, jetzt wo es die Häuser gibt. Aber ein paar sind wohl übrig geblieben.«

»Und vielleicht sogar bewohnt«, fügte Jérôme hinzu. »Ich habe hier manchmal früh morgens Licht gesehen.«

»Wir gehen da rein.« Esme begann, am Zaun hochzuklettern.

»Auf keinen Fall«, sagten Sahid und Jérôme gleichzeitig.

»Und schon gar nicht du mit deiner Hand«, fügte Jérôme hinzu.

Wenn auch die Proteste der beiden sie nicht zurückgehalten hätten, so war es der stechende Schmerz in ihrer Hand, der sie den Versuch aufgeben ließ, über den Zaun zu klettern.

»Lasst uns gehen. Das bringt hier doch alles nichts.« Sahid trat ungeduldig von einem Fuß auf den anderen.

»Wie kommen wir da rein?«, fragte Esme.

»Mit dem entsprechenden Werkzeug, kein Problem«, sagte Jérôme. »Und besser nachts.«

»Seid ihr wahnsinnig?«, fauchte Sahid. »Das ist hier kein Spielplatz. Hier gibt es eine Menge finsterer Gestalten. Reicht es noch nicht, dass Milena verschwunden ist? Habt ihr immer noch nicht kapiert, was hier los ist? Ihr habt doch gesehen, was mit Esme und mir passiert ist. Geht nach Hause zu euren Eltern. Und überhaupt, lasst mich in Ruhe. Ich hab schon genug Schwierigkeiten.«

Er drehte sich um und ging zu dem zerbeulten Toyota, mit dem sie hergefahren waren. »Soll ich euch irgendwo absetzen?«, rief er über die Schulter. Als keiner der beiden antwortete, setzte er sich in den Wagen und fuhr los.

Jérôme nahm seinen Tabak aus der Jackentasche und begann, sich sorgfältig eine Zigarette zu drehen. Esme sah sich um. Leichter Wind war zu spüren. Die Wäsche auf der Leine neben den Containerhäusern wedelte sacht. Ein magerer Hund schlich an der Häuserwand entlang.

»Heute Nacht?«, fragte Esme.

»Heute Nacht«, antwortete Jérôme.

Julie

Julie blickte auf die Uhr, die neben dem Medikamentenschrank hing. Sie tickte leise. Die Uhr war von einem filigranen Goldgehäuse umrahmt. Sicher ein Erbstück aus Dr. Laurents Familie. Die ganze Praxis war übersät mit kleinen Andenken an die Besitztümer seiner Vorfahren. Auch die obligatorischen Holzmasken aus Afrika aus den Zeiten, in denen es noch chic war, auf Safari zu gehen, fehlten nicht.

»Aus guter Familie«, sagte Julie und ließ den Satz in der Stille nachhallen. Immerhin war sich Dr. Laurent nicht zu schade, seine Praxis für die Zwecke der OJN zur Verfügung zu stellen. Das musste sie ihm lassen.

Es klopfte. Aida, die Assistentin, steckte den Kopf durch den Türspalt. »Kann ich den nächsten reinschicken?«

Trotz der späten Stunde brachte sie ein kurzes Lächeln auf. »Noch zwei Minuten, bitte«, sagte Julie.

Sie hätte nicht gedacht, dass es so anstrengend sein würde, die Untersuchungen durchzuführen. Manche Schicksale erschütterten sie. Gerade hatte sie die Dokumente für die Überweisung zur OP für eine junge Frau ausgestellt. Die Folgen der Vergewaltigung auf ihrer Flucht hatten sie seit Monaten beeinträchtigt. Als illegal Eingereiste hatte sie es bisher nicht gewagt, einen Arzt aufzusuchen. Mit etwas Glück würde sie nach dem Eingriff wenigstens ihre körperlichen Beschwerden verlieren. Julie massierte sich den Nacken. Noch eine Stunde. Hoffentlich hatte Robert nicht mehr allzu viele auf die Liste gesetzt.

Es klopfte erneut, und hinter Aida trat vorsichtig ein älterer Mann in das Sprechzimmer, indem er das linke Bein vorsichtig nachzog. Er wählte den Stuhl mit den Armlehnen, auf die er sich abstützte, und kam mit einer kontrollierten

Bewegung ins Sitzen. Kompensation, notierte Julie in Gedanken, und als er wieder aufsah und der Anflug von Schmerz aus seinem Gesicht gewichen war, ging sie zur Anamnese über.

»Ihr Name bitte?«

»Fréijart. Abdul Fréijart.«

Julie hielt kurz inne, bevor sie den Namen in die Tastatur eingab. Stimmt. Robert hatte ihr angekündigt, dass Fréijart als einer der Ersten kommen würde.

»Ihr Geburtsdatum bitte.«

»7. April 1952.«

»Wo geboren?«

»In Algier.«

Aus Algerien also. Da saß er nun vor ihr, der Patient, über dessen Herkunft und Verbleib sie so lange ohne Erfolg in den Akten recherchiert hatte.

»Sie waren schon einmal bei uns«, sagte Julie. Und als Fréijart sie fragend anblickte, fügte sie hinzu: »Im Krankenhaus sind Sie bis in die digitale Diagnostik vorgedrungen. Warum haben Sie die denn abgebrochen?« Julie konnte die Ungeduld in ihrer Stimme nicht verbergen.

»*Pardon*?«

»*Monsieur* Fréijart«, setzte Julie nochmal an. »Sie waren doch schon im Krankenhaus. Wieso haben Sie die Untersuchung nicht bis zum Ende mitgemacht?«

»Entschuldigen Sie, ich …«

»Wie dem auch sei«, lenkte Julie ein. »Was haben Sie für Beschwerden?«

»Es war eine Kugel. Eine Kugel, die vor 30 Jahren in meiner Hüfte steckte. Damals wurde ich operiert. Die Kugel wurde wieder rausgeholt. Aber die Hüfte war nicht mehr in Ordnung, und mit den Jahren kam der Schmerz und wurde immer stärker.

»Warum waren Sie nicht schon früher beim Arzt?«

»Madame, jeder Arzt wäre gezwungen gewesen, meinen Status zu überprüfen. Das ist viel zu riskant.«

»Verstehe«, sagte Julie. »Wir brauchen zuerst Röntgenbilder.« Sie drückte auf den Knopf der Sprechanlage. »Aida, wären Sie bitte so freundlich, Monsieur Fréijart zum Röntgen zu bringen?« Und zu Fréijart gewandt fügte sie hinzu: »Wenn wir die Bilder haben, können wir alles Weitere besprechen.«

Aida betrat das Sprechzimmer. »Sie haben Glück. Die Röntgenabteilung ist noch besetzt. In einer Viertelstunde haben Sie die Bilder.«

Sie verließ mit Fréijart den Raum.

Julie lehnte sich zurück. Sie hatte nicht gefragt, woher die Kugel kam, die in seiner Hüfte gesteckt hatte. Vor 30 Jahren waren Streiks und Unruhen in Algerien von der Armee brutal bekämpft worden. Sie konnte sich daran erinnern, wie ihre Mutter die Nachrichten über Freunde oder die Medien verfolgt hatte. »Armes Algerien«, hatte sie geklagt. Aber sie hatte nie einen Einsatz dort angenommen. Die Kugel konnte er sich natürlich auch sonst irgendwo auf dieser Welt voller Kämpfe und Kriegsschauplätze eingefangen haben. Julie würde ganz bestimmt nicht danach fragen.

So wenig wie möglich wollte sie von den Geschichten der misshandelten und geschundenen Körper wissen. Als sie in Rennes Medizin studiert hatte, hatte sie eine Abmachung mit sich getroffen. Sie würde helfen, ja. Aber mit den Schicksalen der Hilfesuchenden wollte sie nichts zu tun haben.

Sie stand auf und öffnete die Tür. Es waren noch drei Patientinnen im Wartezimmer. Eine junge Frau und ein junges Mädchen mit ihrer Mutter.

Gegen acht war Julie fast fertig. Die Patientinnen hatten jeweils Überweisungen für Krankenhausbehandlungen erhalten. Julie hatte die Daten weitergeleitet, sodass sie über die OJN in die Aufnahmekartei des Krankenhauses eingefügt wurden.

Nun saß ihr wieder Fréijart gegenüber. Die Analyse der Röntgenbilder hatte ergeben, dass eine Operation des Hüftgelenks unvermeidlich war. Der Abrieb in der Gelenkpfanne war dermaßen, dass Julie sich wunderte, wie er überhaupt noch gehen konnte.

»Wenn Sie einverstanden sind, kann ich Sie für den Einsatz einer Hüftgelenksprothese vormerken.«

»Eine Prothese?«

»Ja, ein künstliches Hüftgelenk. In ihrem Fall hätte das schon lange gemacht werden sollen. Das ist heutzutage ein Routineeingriff. Mit anderen Mitteln können wir die Funktionsfähigkeit und vor allem eine gewisse Schmerzfreiheit nicht mehr herstellen.«

Fréijart nickte.

»Ich weiß, dass Sie seit Jahren für die OJN arbeiten. Sie haben sich die Behandlung mehr als verdient.«

Fréijart schenkte ihr ein kurzes Lächeln.

»Nächste Woche ist unser Orthopäde hier. Er wird mit Ihnen ein Vorbereitungsgespräch führen und sich die Bilder noch mal ansehen. Alle Fragen können Sie mit ihm besprechen. Lassen Sie sich von Aida einen Termin geben. Alles Gute.«

»Danke, Dr. Djann.«

»Auf Wiedersehen, Monsieur.«

Julie gab ihm die Hand, nachdem er mühsam wieder aufgestanden war.

Müde räumte sie ihre Sachen vom Schreibtisch. In einer halben Stunde würde sie sich mit Robert treffen. Er war immer noch voller Freude über ihre Mitarbeit und hatte sie zum Essen eingeladen. Wie sehe ich aus?, dachte Julie und blickte in den Spiegel über dem Waschbecken. Unter ihren Augen hatten sich dunkle Ringe gebildet. Sie schlief schlecht in letzter Zeit. Ihr Handy vibrierte. Eine Nachricht von Frédéric. ›Habe keinen Dienst heute Abend. Wollen wir uns noch treffen?‹

›Muss noch Berichte schreiben. Melde mich morgen‹, schrieb sie zurück. Sie steckte das Handy in ihre Tasche und nahm den Schlüsselbund vom Schreibtisch. Während sie sich die Hände gründlich desinfizierte, ließ sie den Blick noch einmal durch das Sprechzimmer schweifen.

»Bis übermorgen.«

Sie verabschiedete sich von Aida und ging zum Ausgang. In fünf Minuten würde sie in der Metro Richtung Bastille sein.

Robert saß bereits an einem der kleinen Tische. Ein Lächeln huschte über sein Gesicht, als Julie das Restaurant betrat. Wie anders er doch aussah in dieser Umgebung. Fernab des Krankenhauses schien die Angespanntheit von ihm abgefallen.

Er erhob sich, als Julie an seinen Tisch trat, und legte zur Begrüßung seinen Arm um ihre Schultern. Für einen Moment berührten sich ihre Wangen, und Julie ertappte sich dabei, dass sie von sich aus keine Anstalten machte, die Umarmung wieder zu lösen.

»Ich hoffe, du magst italienisches Essen«, sagte Robert. Er setzte sich wieder mit dem Rücken zur Wand, und Julie nahm ihm gegenüber Platz.

»Wein?«, fragte Robert.

»Zur Feier des Tages«, antwortete Julie und drehte ihr Glas um.

Robert schenkte ihr Weißwein aus der Karaffe ein. »Auf deinen Einstieg bei uns«, sagte er und hob sein Glas.

»Santé«, sagte Julie und nahm einen Schluck des kühlen Frizzante.

»Wir können Pasta mit Muscheln essen«, sagte Robert. »Magst du Meeresfrüchte?«

»Gern.« Sie war froh, sich jetzt nicht in die Lektüre einer Speisekarte vertiefen zu müssen. Es war ein schlichtes Restaurant. Sie würden unbehelligt von den Kellnern in Ruhe essen können. Das war es, was sie jetzt brauchte. Ruhe nach dem langen Tag. Sie füllte sich Wasser in ein anderes Glas und musste an Frédéric denken, wie er sie neulich im Restaurant zurechtgewiesen hatte.

Sie waren im *Coupole* gewesen. Während sie auf Frédérics Kollegen gewartet hatten, hatte sich Julie aus der Wasserflasche auf dem Tisch in ihr Weinglas eingeschenkt.

»Julie, wie oft soll ich dir noch sagen, dass Wasser aus dem Wasserglas getrunken wird? Und, bitte, hättest du nicht noch einen Moment warten können? Wir werden sicher gleich bedient.«

Und als Julie schuldbewusst aufgeblickt hatte, hatte er hinzugefügt: »Ist ja okay, aber mach das bitte nicht, wenn Gérard da ist. Er ist so bourgeois.«

»Wer ist hier eigentlich bourgeois?«, wollte Julie noch fragen, aber in dem Moment waren Gérard und Francine angekommen. Sie hatte ein Lächeln aufgesetzt und sich geduldig durch das Menü gearbeitet, das erst ausführlich mit dem Kellner zusammengestellt und dann während des Essens wortreich kommentiert wurde.

Als sie schließlich das Restaurant gegen Mitternacht verlassen hatten, hatte Julie das Gefühl, einen Berg von Arbeit bewältigt zu haben. Sie waren mit dem Taxi zu Frédéric gefahren. Sie war mit zu ihm gekommen, obwohl das hieß, am Morgen eine Stunde früher aufzustehen, um ihre Sachen von zuhause zu holen, bevor sie zur Arbeit musste. Müde hatte sie sich zwischen den weißen, gestärkten Laken ausgestreckt.

Apéritif, Vorspeise, das ganze Menü, gepflegte Konversation, Dessert, Digestif. Alles vom Feinsten. Und doch hatte etwas gefehlt, hatte der Abend einen schalen Nachgeschmack hinterlassen.

»Zwei Mal *Spaghetti alle Vongole*«, sagte Robert zu dem Kellner, der an ihren Tisch getreten, war und Julie schreckte aus ihren Erinnerungen auf.

»Wir haben schon so viel über unsere Arbeit gesprochen«, sagte Robert. »Eigentlich weiß ich noch gar nichts von dir.«

»Was möchtest du denn wissen?«, fragte Julie.

»Wir nehmen das.« Esme zeigte auf die Brechstange.

»Hm«, sagte Jérôme. Er nahm eine Zange aus einem der Drahtkörbe und machte sie prüfend auf und zu. »Vielleicht müssen wir ja gar nicht klettern.«

Sie wickelten das Werkzeug in Stofflappen, die sie in einem Regal fanden, und verstauten es in Esmes Tasche. Die Brechstange ragte ein Stück hervor, aber durch die Stoffumhüllung konnte es sich genauso gut um das Ende eines Tennisschlägers oder eines Regenschirms handeln. Esme blickte sich um. Es roch nach Öl und frisch gesprühten Farblacken. Die Werkstatt lag im Halbdunkel.

Achmeds Onkel hatte sie wie immer um halb sieben verlassen. »Macht bloß keinen Scheiß«, hatte Achmed gesagt, als er ihnen den Weg zum Hintereingang gezeigt hatte, und mit einem Seitenblick auf Esme hatte er noch »Na dann viel Spaß« hinzugefügt. »Idiot«, dachte Jérôme. Aber es war ihm lieber, wenn Achmed sich sonst was dachte, als dass er Verdacht schöpfte und etwas über ihren Plan in Erfahrung brächte.

»Wie spät ist es?«, fragte Esme.

»Wir müssen noch warten. Komm, wir setzen uns in den Wagen.«

Jérôme näherte sich einem Lieferwagen, dessen Tür zum Laderaum beträchtlich verbeult war. Er kletterte auf den Fahrersitz und öffnete die Beifahrertür von innen. Esme setzte sich neben ihn. Sie seufzte.

Jérôme zog sein Handy aus der Hosentasche. »Es ist gerade mal sieben. Vor neun sollten wir nicht losgehen. Eher später. Hast du Hunger?«

Esme nickte.

Er holte zwei Schokoriegel aus seiner Jackentasche. »Magst du?«

Sie griff zu, biss die Packung an einem Ende auf und spuckte das glänzende Papier auf den Boden des Wagens. Gedankenverloren begann sie zu kauen.

»Ich habe geträumt …«, sagte sie. »Ich habe geträumt von einem Wohnwagen. Von Männern, die hinter mir her waren.«

»Und dann?«, fragte Jérôme.

Esme zuckte mit den Schultern. »Milena und ich, wir haben oft voneinander geträumt. Einmal habe ich geträumt, Milena würde in einem See ertrinken. Im Winter sind wir Schlittschuh laufen gegangen, und als wir gerade schon nach Hause gehen wollten, habe ich dieses Krachen hinter mir gehört. Milena ist eingebrochen. Zum Glück hatte sich ein Ast quergelegt, und sie konnte sich festhalten, bis ich gekommen bin. Ich habe mich aufs Eis gelegt und konnte sie rausziehen. Und jetzt der Wohnwagen. Ich habe von diesem Wohnwagen geträumt, das kann kein Zufall sein.«

Sie hatte den Riegel aufgegessen, knüllte das Papier zusammen und warf es ebenfalls in den Fußraum neben das Gaspedal.

Zufall, dachte Jérôme. Was ist hier eigentlich Zufall? Dass dieses Mädchen hier aufgetaucht ist, die so völlig anders als seine Freunde tickte? Dass er ihre Schwester kannte, die unter mysteriösen Umständen verschwunden ist? Dass sie ihn aus seinem Alltag herauskatapultiert hatte, wie ein Komet, der inmitten einer Landschaft eingeschlagen war?

»Willst du Musik hören?«

»Mir egal.« Esme lehnte sich an die Kopfstütze.

Jérôme tippte auf sein Handy und legte es auf das Armaturenbrett. »*Whatever you want, whatever you feel*«, erklang eine energische Stimme. Das Schlagzeug setzte ein. Eine Mischung aus Punk und Rap. Er reduzierte die Lautstärke.

Esme hatte die Augen geschlossen. Ihr Kiefer vollführte langsame Kaubewegungen, und Jérôme fühlte sich an Nounou erinnert, wenn er sie zum Schlafen brachte. Vorsichtig legte er den Arm um sie. Esme schreckte hoch und stieß einen kurzen Schrei aus.

»Sorry«, murmelte er und zog seinen Arm zurück.

»Verstehe«, sagte Robert. »Du hast nicht immer in Paris, in Frankreich gelebt. Du kennst das Leben der anderen.«

Das Leben der anderen, ja, dachte Julie. Vielleicht kannte sie es besser als ihr eigenes. Sie nahm den kleinen Löffel vom Tisch und hieb eine große Kerbe in ihre Karamellcreme.

»Ja, wir waren viel unterwegs, und jetzt lebt meine Mutter im Pflegeheim. Ich besuche sie, so oft es geht, aber seit sie ihre Wohnung verlassen musste, verliert sie sich selbst mehr und mehr.«

Robert ergriff ihre Hand. »Irgendwann gehen wir alle verloren«, sagte er.

Der Satz klang lapidar, aber der Tonfall hatte etwas Tröstliches, sodass Julie aufsah und seinen Blick erwiderte.

»Früher oder später«, sagte sie und wunderte sich, dass ihr das leuchtende Blau seiner Augen bisher noch nie aufgefallen war. »Fréijart war heute in der Praxis«, wechselte sie das Thema. »Wie kommt es, dass er schon so viele Jahre in Frankreich lebt und noch keinen Zugang zur *Sécurité Sociale* hat? Es gab doch spezielle Vereinbarungen für algerische Flüchtlinge.«

»Fréijart hat lange im Untergrund gekämpft. Auch noch, als er schon in Paris war. Es wäre zu gefährlich für ihn gewesen, sich offiziell zu melden.«

»Lebt er allein?«

»Nein, er hat eine Frau. Marie heißt sie. Soweit ich weiß, haben sie in Algerien geheiratet. Offiziell sind sie in Paris kein Paar. Sie bringt die beiden mit Putzjobs über die Runden. Marie ist legal nach Frankreich eingereist. Aber die Ehe mit Fréijart musste sie bei der Einreise verschweigen.«

»Prekäre Situation in dem Alter. Die Rente von seiner Frau wird ja schwerlich für beide reichen.«

»Ja, ich fürchte auch. Vielleicht gehen sie eines Tages nach Algerien zurück. Sie haben dort immer noch Verwandte, und vielleicht reicht das Geld für ein Leben auf dem Land in Algerien.«

»Ein Leben auf dem Land«, sinnierte Julie. Es würde eine Umstellung bedeuten, aus einer Stadt wie Paris zurück aufs Land zu ziehen. Es wäre wohl nicht vergleichbar mit dem, was ihre Pariser Kollegen erlebten, wenn sie ein Wochenende ›*à la campagne*‹ verbrachten. Herausgeputzte Landgasthöfe, Wellness, ein bisschen Sport in zurechtgemachter Landschaft oder ein Ausritt auf Pferden, die von Personal versorgt wurden. Es würde Entbehrung bedeuten, Mangel an Notwendigem. Abgetrennt vom kulturellen Leben in Algier. Doch vielleicht würden sie im Zusammenleben mit den Verwandten etwas viel Wichtigeres finden.

»Woran denkst du?«, fragte Robert und riss sie aus ihren Gedanken.

»Na ja, es gibt ja schon sehr unterschiedliche Lebensentwürfe und mehr oder weniger Wahlmöglichkeiten. Könntest du dir vorstellen, auf dem Land zu leben? Du und Sonja, wollt ihr in der Stadt bleiben oder mal aufs Land ziehen?«

Robert zog seine Augenbrauen zusammen. Er begann, seine Serviette zu falten. In immer kleinere Abschnitte. Julie erinnerte sich an die Regel, dass man ein Stück Papier nicht mehr als sieben Mal falten kann, und sie verfolgte gebannt sein Handeln.

»Im Moment«, begann Robert und atmete tief ein, »weiß ich gar nicht, ob wir überhaupt zusammen irgendwo hinziehen werden.«

»Du willst nicht nach Dubai?«

»Es ist nicht nur Dubai, was sicher einer der letzten Orte auf dieser Welt ist, den ich mir ausgesucht hätte. Es ist auch das Leben mit Sonja, das ich mir immer weniger vorstellen kann.« Er legte seine Serviette auf dem Teller ab. »Seit

Jonas da ist, führen wir so unterschiedliche Leben, dass ich gar nicht weiß, wie das wieder zusammen gehen soll. Und jetzt die große Entfernung, ich fürchte, wir sind uns fremd geworden.«

Julie nickte. Fremd werden kann man sich auch auf wenigen Quadratmetern, hätte sie am liebsten hinzugefügt, aber dann schwieg sie.

Robert richtete sich auf. »So oder so«, fasste er zusammen, »wird sich das bald zeigen. Ich werde Ende September nach Dubai fliegen. Sonja wird versuchen, eine Stelle im Krankenhaus für mich zu bekommen. Wenn alles klappt, werde ich für eine Weile dort bleiben.«

»Das ist ja sehr bald«, erwiderte Julie. »Wer wird deine Arbeit bei der OJN übernehmen? Und hast du im Krankenhaus gekündigt?«

Robert lächelte. »Freut mich, dass du über meinen Abschied nicht erleichtert bist. Im Krankenhaus habe ich vorerst Urlaub eingereicht. Ich weiß ja noch nicht, ob das klappen wird mit einer Arbeit dort. Und die OJN, die hat ja jetzt dich.«

Julie schluckte. »Sag mal, spinnst du? Ich kann doch nicht deine ganzen Aufgaben bei der OJN übernehmen. Die zwei Abende in der Praxis sind das Äußerste …«

»Schon gut, so war das ja gar nicht gemeint.« Er legte seine Hand auf ihre. Robert wirkte plötzlich müde. »Es wird natürlich andere Ärzte geben, die meine Aufgaben übernehmen. Nächste Woche habe ich ein Treffen mit einem syrischen Kollegen, der von unserer Arbeit erfahren hat und mitmachen möchte. Wir werden sehen.«

Julie entzog ihm ihre Hand und lehnte sich zurück. Sie hätte zufrieden sein können. Robert, der sie so unvermittelt in die ganze Sache mit Esme und den Patiententransfers hineingezogen hatte, würde wieder aus ihrem Leben verschwinden. Aber es regte sich auch Unmut in ihr. Robert tauchte auf und verschwand wieder, wie es ihm gerade passte. Es schien ihn wenig zu kümmern, wie das für die Menschen war, die mit ihm zu tun hatten.

»Und was wird jetzt aus Esme?«, fragte sie.

»Was soll schon werden«, sagte er. »Wir können ihr ja schwerlich hinterherlaufen und auf sie aufpassen.« Er klang resigniert. »Wir können nur einem Bruchteil der Menschen helfen. Und schon gar nicht denen, die sich nicht helfen lassen wollen.«

»Sie ist fast noch ein Kind«, sagte Julie. Sie musste an den Stoffhasen denken und an den großen, runden Fleck aus Speichel oder Tränen, den Esme auf dem Laken hinterlassen hatte. »Vielleicht sollten wir doch besser die Polizei einschalten.«

»Damit sie wieder dort landet, von wo sie weggelaufen ist? Ich weiß nicht, ob wir ihr damit einen Gefallen tun.«

»Mir jedenfalls gefällt es gar nicht, dass sie hier irgendwo in der Stadt herumläuft und vielleicht wieder den Typen begegnet, die sie so übel zugerichtet haben.«

»Du hast ja Recht«, sagte Robert. »Mit gefällt der Gedanke auch nicht. Da fällt mir ein, dass die Mutter von dem Jungen in der Wohnung unter dir sich heute Morgen auch beklagt hat, dass ihr Sohn verschwunden ist. Hast du nicht gesagt, dass er sich nach Esme erkundigt hat?«

»Ja. Er schien großen Anteil zu nehmen.«

»Es kann ja Zufall sein«, sagte Robert. »Aber trotzdem merkwürdig. Ich bin morgen sowieso wieder in Pantin. Ich werde Fardia fragen, ob ihr Junge wieder aufgetaucht ist. Vielleicht weiß er ja etwas.«

»Danke«, sagte Julie. »Es ist gut, wenn du mit ihr redest. Mir gegenüber war sie sehr kurz angebunden, als ich am Samstag mit ihr sprechen wollte.«

Sie schwiegen eine Weile. Der Kellner kam und räumte die Teller ab.

»Möchtest du Kaffee?«, fragte Robert, und als Julie nickte, bestellte er zwei.

Die Vorfreude auf das heiße, bittersüße Getränk stimmte sie versöhnlich. »Es ist ganz schön viel passiert in den letzten Tagen«, sagte sie.

»Findest du?« Robert befeuchtete seinen Zeigefinger mit der Zunge und stippte einzelne Brotkrümel von der Tischdecke. Gedankenverloren nahm er sie zwischen die Lippen.

Als Julie kurz nach elf zu Hause ankam, stand Frédéric vor ihrer Wohnungstür.

»Was machst du denn hier?«

»Du warst nicht da.«

»Hab ich dir doch geschrieben? Es wurde später heute.« Julie griff in ihre Tasche und holte den Wohnungsschlüssel hervor. »Willst du mit reinkommen?«

»Nein, ich sitze gerne nachts in Treppenhäusern.«

Julie konzentrierte sich auf die Umdrehungen des Schlüssels. Einmal. Zweimal.

»Hey. Ich warte seit einer Stunde auf dich.«

»Ich war noch mit einem Kollegen was trinken.«

»Was trinken? Bis elf Uhr? Was ist das überhaupt für ein Kollege? Dieser … Bertrand?«

»Robert«, sagte Julie und betrat die Wohnung. »Wir arbeiten immer abwechselnd an dem Projekt. Irgendwann müssen wir uns ja mal besprechen.«

»Um elf Uhr abends?«, wiederholte Frédéric.

Er steuerte direkt auf die Küche zu. »Wollen wir was essen?«

»Hab schon.«

»Verstehe«, sagte Fréderic. Er öffnete die Kühlschranktüre und nahm eine Flasche Rosé heraus. »*Vin de Pays de l'Hérault*. Von deinem arabischen Händler? Na ja, ist ja auch kein großer Anlass.« Er zog die Schublade auf und kramte durch das lose darin liegende Besteck auf der Suche nach dem Korkenzieher. »Julie, bei dir ist wirklich nichts am Platz.«

Sie griff hinter sich, nahm den Korkenzieher vom Regal und reichte ihn Frédéric. »Wenn dir der Wein nicht gut genug ist, dann …«

»Schon gut.«

Frédéric entkorkte die Flasche und schenkte sich ein. Als er ein zweites Glas aus dem Regal nehmen wollte, stoppte ihn Julie mit einer Handbewegung.

»Lass mal. Für mich nicht mehr heute.«

Frédéric trank in großen Schlucken und stellte sein Glas auf die Spüle.

»Sag mal, was ist eigentlich los? Wir sehen uns fast gar nicht mehr. Du hast noch immer nicht auf meine Frage geantwortet. Du willst nicht mehr mit zu meiner Familie fahren. Die Mittagspausen verbringst du in deinem Projekt. Wie soll ich das finden?«

»Hör mal, Fréd, du warst selbst die ganze Zeit unterwegs. Die ganzen Kongresse dieses Jahr und zuletzt in Genf. Und danach warst du mit den Kollegen feiern.«

Frédéric nickte langsam. »Ich bin also schuld. Und dann bin ich auch schuld daran, dass du die halbe Nacht mit diesem Robert arbeiten musst?«

»Hat keiner gesagt, dass du schuld bist«, sagte Julie und lehnte sich mit der Stirn an die weiße Täfelung des Wandschrankes. Sie war müde. Stille breitete sich aus in der Küche wie Wasserdampf, wenn sie mal wieder vergessen hatte, beim Kochen einen Deckel auf den Topf zu legen. Sie wünschte sich weit weg. Irgendwo in Afrika an einem dürren Baum zu lehnen wäre besser, als jetzt hier in dieser Küche Schritte gehen zu müssen, ohne auch nur im Geringsten den Weg zu sehen.

»Julie, manchmal frage ich mich, was du eigentlich von mir willst.« Frédéric lehnte sich an die Spüle und verharrte.

»Ich fürchte, ich weiß es selbst nicht so genau«, sagte Julie leise. »Manchmal habe ich das Gefühl, auf einem riesigen Feld zu stehen und nicht mehr zu wissen, in welcher Richtung mein Dorf liegt.«

»Dein Dorf?«, wiederholte Frédéric. »Julie, werde endlich erwachsen. Du stehst hier mitten in Paris. Hier gibt's keine Dörfer. Du stehst mitten drin, in einer Millionenstadt. Und ich stehe hier, genau neben dir. Was für ein Dorf suchst du eigentlich?«

Julie spürte, wie ihr die Tränen kamen. Wenn Frédéric sie jetzt in die Arme nähme und sie sich einfach anlehnen könnte, würde etwas in ihr nachgeben.

Frédéric griff nach seiner Jacke. »Überleg es dir«, sagte er. »Ich muss morgen früh raus. Ich werde jetzt nach Hause gehen. Ruf an, wenn du mehr weißt.«

Julie hatte nicht die Kraft, sich umzudrehen. »Schlaf gut«, murmelte sie und schloss die Augen.

Als die Tür ins Schloss gefallen war, drehte sie sich langsam um. Sie nahm das Weinglas in die Hand, wusch es ab und stellte es zurück in den Schrank. Sie putzte sich die Zähne und legte sich, ohne sich auszuziehen, aufs Bett.

»Maman«, flüsterte sie, »ich kann das Dorf nicht mehr finden.«

Sie drehte sich zur Seite, und Bilder von Esme tauchten vor ihr auf. Esme, wie sie unterwegs war und ganz offensichtlich irgendein Ziel verfolgte. Woran erkannte Esme, die fast noch ein Kind war, die Richtung, die sie einschlagen musste? Es musste jemand hier sein, wurde ihr plötzlich klar. Esme hatte die Witterung aufgenommen. Ein Teil ihres Dorfes war mitten in Paris.

Robert

Robert schwitzte. Sandrine tupfte ihm den Schweiß von der Stirn.

»Vitalzeichen?«

»Alles im grünen Bereich.«

Die Anästhesistin nickte ihm aufmunternd zu.

Robert sah auf die Hand des kleinen Patienten. Vielleicht war sie unter einen schweren Stein geraten oder überfahren worden. Ein schlecht verheilter Trümmerbruch der Mittelhandknochen. Verdrehte Finger, die sich nicht mehr richtig zur Faust schließen ließen. Bei sofortiger Behandlung wäre die Chance auf Heilung groß gewesen. Der Bruch musste mehrere Wochen her sein, was die Einrichtung der Gelenke erschwerte. Mit kleinen Schrauben und Platten würde er die Knochen fixieren und hoffen, dass der Junge im richtigen Zeitfenster wieder auftauchen würde, um alles entfernen zu lassen. Das musste er der Mutter noch mal einschärfen. Sie hatte nur wenige Worte auf Englisch gesprochen, als sie ihn in die Klinik brachte. Er hatte nur ›Bangladesch‹ und ›bei der Arbeit‹ verstanden. Kinderarbeit, das leidige Thema. Überall auf der Welt schufteten die Kleinen, fast ohne Bezahlung, um das Überleben ihrer Familien zu sichern. In Bangladesch war seines Wissens der Sitz zahlreicher Textilfabriken, die die Billigware für die internationalen Märkte produzierten. Der Junge mochte neun oder zehn Jahre alt sein. An einer Nähmaschine würde er nicht gearbeitet haben, das war dort Frauenarbeit. Vielleicht hatte er Botengänge gemacht oder Reinigungsarbeiten durchgeführt und hatte sich dabei verletzt.

Die Anästhesistin richtete sich auf. »Leg los, Robert.«

Er schenkte ihr ein kurzes Lächeln. »Ok, los geht's.«

Er griff in die Schale mit den sterilen Instrumenten.

Zwei Stunden später saß er im nächtlichen Stationszimmer und trank seinen gewohnten Kaffee aus dem Automaten. Die OP war ambulant erfolgt, aber bevor der bengalische Dolmetscher nicht aufgetaucht war, wollte er die Mutter mit dem Jungen nicht wieder entlassen.

»Was für eine Nacht.«

Sandrine kam mit einem Becher Kaffee und einem Sandwich herein. »Oh, hättest du auch was essen wollen? Es ist noch was da von Franks Geburtstagsbuffet.«

»Nein, danke«, sagte Robert. »Ich war heute Abend essen. Das reicht noch für eine Weile.«

»Ich hatte keine einzige Pause bis eben«, klagte Sandrine und legte ihre Füße auf den Stuhl neben sich.

»Daran wirst du dich gewöhnen müssen«, sagte Robert. »Wir sind so schwach besetzt in jeder Schicht, da bleibt für jeden viel zu tun.«

»Na ja, ich hatte gehofft, mich wenigstens nach Mitternacht auf das Sofa im Bereitschaftszimmer legen zu können. Aber jetzt ist die Nacht fast rum. Und bei meinem Glück kommt sowieso gleich ein Notfall rein, wenn ich nur die Schuhe ausziehe.«

»Dann solltest du die auf jeden Fall anlassen«, scherzte Robert.

Er mochte Sandrine, die neue Assistenzärztin. Sie war noch nicht lange in seinem Team. Ihre humorvolle, direkte Art kam nicht bei allen gut an, aber ihm half sie bisweilen, über düstere Stimmungen bei der Arbeit hinwegzukommen.

»Apropos Notfall«, griff Sandrine den Faden wieder auf. »Als ich gestern auf den OP-Plan geschaut habe, stand der kleine Junge von eben gar nicht drauf. Das war doch kein akuter Fall. Der Bruch war ja schon wieder verheilt, zwar schlecht, aber immerhin. Wer hat diesen Fall in die Nachtschicht geschoben? Da werde ich den Kollegen mal ordentlich auf den Zahn fühlen müssen.«

»Ach, lass mal«, sagte Robert. »Das hat schon seine Richtigkeit.«

»Wieso?«

»Tja, diese OP musste schon ein paar Mal verschoben werden. Der Junge, ähm, der Vater des Jungen hatte einen schweren Unfall, und die Familie war etwas überfordert. Und damit es nicht noch später wird mit dem Eingriff, haben die Kollegen angefragt, ob sie ihn nachts auf den Plan setzen dürfen.

»Aha«, sagte Sandrine gedehnt.

»Und du kennst mich ja. Ich kann nicht nein sagen«, fügte Robert hinzu und versuchte, zu lächeln.

»Hm«, sagte Sandrine, »das ist ja nett von dir. Aber du weißt schon, dass du damit auch meine Nacht zum Tag gemacht hast? Und ich kann eigentlich ganz gut nein sagen.«

»Kann ich dir noch einen Kaffee bringen zur Entschädigung?«, bot Robert an.

»Nein, danke.« Sandrine schüttelte demonstrativ den Kopf. »Ich glaube, ich lege mich doch noch für eine halbe Stunde hin. Bei so viel Aufopferung wird mir ganz schwindlig.«

Robert grinste. »Schlaf gut«, sagte er.

Er hoffte inständig, dass nicht ausgerechnet jetzt der Vater des Jungen den Flur entlangkäme. Er würde bald mit Sandrine reden müssen. Franka, die Anästhesistin, arbeitete wie er für die OJN, aber seit Suzanne, die vorherige Assistenzärztin, die Stelle gewechselt hatte, waren wechselnde Ärzte ihrem Team zugeordnet. Das erschwerte die Arbeit immens. Sandrine war jetzt seit drei Monaten hier, und er hatte den Eindruck, ihr vertrauen zu können. Wenn er sie vielleicht auch nicht für die aktive Mitarbeit gewinnen konnte, so würde sie zumindest hoffentlich seine und Frankas Aktionen tolerieren. Aber nicht mehr vor Dubai, entschied er. So wie er sich überhaupt vor dieser Reise nicht mehr in der Lage fühlte, irgendetwas zu entscheiden. Er war es Sonja und Jonas schuldig, zu ihnen zu reisen. Und er fühlte eine diffuse Sehnsucht danach, Jonas kleinen Körper an seinem zu spüren, ihn hochzuheben und sein Lachen zu hören. Was Sonja betraf, so würde es keine leichte Begegnung werden. Die Ziele, die sie früher gemeinsam verfolgt hatten, schienen keine große Bedeutung mehr für sie zu haben. Offensichtlich kämpfte sie nun in erster Linie darum, für Jonas und sich eine abgesicherte Existenz aufzubauen. Ausgerechnet Dubai. Wo sonst war der Gegensatz von arm und reich noch krasser als dort? Schlimm genug, wenn er hier in Europa mit den Auswirkungen von Krieg, Armut und Elend in der Welt konfrontiert war. Könnte er in einem dermaßen privilegierten Ressort der Erde leben, wissend, dass ein Großteil der Einwohner nicht das Nötigste zum Leben hatte? Nun gut, sie hatte sich Dubai ja auch nicht freiwillig ausgesucht. Er würde fahren. Punkt.

Er lehnte sich zurück. Die Station blieb ruhig. Gut für Sandrine, sie würde wenigstens noch ein bisschen Schlaf finden, bevor ihr Dienst in der Ambulanz begann. Er dachte an den vergangenen Abend mit Julie. Julie, wie sie erst mürrisch dreingeblickt hatte und im Laufe des Abends fröhlicher geworden war. Julie, die in einer seltsamen Verbindung zu den Migranten in Pantin stand. Sie war in keiner Weise politisch organisiert und auch nicht in den sozialpädagogischen Zirkeln der Vorstädte aktiv. Sie lebte einfach da. Ohne sichtbare Bezüge zu ihren Nachbarn.

Wie wütend sie gewesen war, als er Esme bei ihr untergebracht hatte. Und jetzt dieser plötzliche Sinneswandel. Die Sorge um Esme. Ihr Engagement in der OJN. War sie nicht mit diesem Frédéric aus der Abteilung von Edouard liiert? Er galt als sehr karrierebewusst und würde Julie in dieser Hinsicht wohl nicht unterstützen.

Robert blickte zur Uhr. Gleich sechs Uhr. Die Nachtschicht war zu Ende. Nach der Übergabe noch einige Hausbesuche für die OJN machen, dann konnte er sich für ein paar Stunden hinlegen. Er durfte nicht vergessen, Fardia zu fragen, ob ihr Sohn aufgetaucht war.

Es klopfte. Ein junger Mann steckte den Kopf durch den Türspalt. »Haben Sie einen Dolmetscher bestellt?«

»Na endlich«, sagte Robert. »Ich komme.«

Esme

Esme zitterte. Es hatte angefangen zu nieseln. Kalt war es nicht, aber der wenige Schlaf und das spärliche Essen, das sie zu sich genommen hatte, machte sich allmählich bemerkbar. Sie kramte in ihrer Tasche und holte die Drahtschere hervor.

»Wir gehen besser noch weiter bis zu dem Gebüsch da«, sagte Jérôme und ging voran.

Esme warf einen Blick auf das Gelände jenseits des Zauns. Es schien verlassen. Aus keinem der Wohnwagen drang Licht. Das Gebell der Hunde kam von der anderen Straßenseite, wo die Wohnbaracken standen. Einige Fenster waren erleuchtet. Zum Glück war niemand auf der Straße. Jérôme nahm ihr das Werkzeug aus der Hand.

»Gib her«, flüsterte er mit einem Blick auf den Verband an ihrer Hand. Esme stellte sich mit dem Rücken zu ihm, damit etwaige Beobachter nicht sehen konnten, wie er in schnellen Bewegungen Stück für Stück den dünnen Drahtzaun kappte und von seiner Hüfte an abwärts den Zaun teilte.

»Du zuerst. Ich halte die Enden.«

»Verdammt«, fluchte Jérôme. Das zurückschnellende Zaunende hatte einen tiefen Kratzer auf seinem Handrücken verursacht. In einem roten Rinnsal lief das Blut über seine Hand und tropfte auf den Asphalt. Esme ergriff seine Hand und wischte mit ihrem Ärmel über die Wunde. Sie murmelte etwas, das Jérôme nicht verstehen konnte, und kroch durch den schmalen Spalt. Jérôme folgte ihr, nicht ohne erneut zu fluchen, als der Draht ein Loch in den Ärmel seiner Jacke riss. Sie durchquerten die dichte Hecke und standen auf der Baufläche, die einmal vollständig asphaltiert gewesen sein musste, an der jetzt aber durch Risse an vielen Stellen Grasflächen entstanden waren.

Sie blickten sich um. Zur Straße hin wurde das Gelände durch die Straßenbeleuchtung erhellt.

»Gut, dass es regnet«, flüsterte Jérôme. »Da geht keiner spazieren.«

Esme steuerte direkt auf den einzeln stehenden Wohnwagen zu. Jérôme folgte ihr. Als sie direkt davor standen, wurde ein Band sichtbar, das rund um den Wohnwagen befestigt war.

»Was ist das?«, fragte Esme.

Jèrome ließ sein Handy aufleuchten. »Préfecture de Paris, 20 Arrond., Police de … juge d'instruction …, der ist versiegelt. Hier muss was passiert sein.«

Esme nahm ihm wortlos die Zange aus der Hand und begann, die Klebestreifen rund um die Tür durchzutrennen.

Jérôme trat von einem Fuß auf den anderen. »Mit dir hat man aber wirklich Glück. Erst der Halbtote in seiner Wohnung und jetzt das. Esme, lass uns gehen. Vielleicht ist hier diesmal wirklich ein Toter drin.«

Esme wandte kurz den Kopf und blickte ihm direkt in die Augen. Er verstummte. Sie drehte sich wieder zur Tür und öffnete langsam die Verriegelung.

Vor dem Eingang war keine Trittstufe, sodass sie zu einem kleinen Sprung ansetzen musste, um auf die Höhe des Wagens zu kommen.

Für einen Moment stand sie aufrecht und still im Türrahmen. Dann verschwand sie im Dunkel des Inneren.

Jérôme sah sich um. Die anderen Wagen blieben im Dunkel. Das Hundegebell auf der anderen Seite der Straße war verstummt.

»Esme«, flüsterte er und stieg hinter ihr in den Wagen.

Fast hätte er sie umgestoßen. Sie war mit geschlossenen Augen nicht weit vom Türrahmen stehen geblieben. Er schaltete sein Handy ein, das er noch immer in der Hand hielt.

Ein kleiner Klapptisch. Eine Matratze, auf der zerwühltes Bettzeug lag, wie wenn eben jemand aufgestanden wäre. Eine Spüle, in der schmutzige Becher lagen. Jede Menge Wandschränke, beklebt mit Postkarten und Spiegeln. Esme atmete tief ein und hielt noch immer die Augen geschlossen.

»Lass uns gehen, Esme. Hier ist nichts.«

Esme öffnete langsam die Augen. »Milena war hier«, sagte sie.

Jérôme ließ die Hand sinken, und die Möbel verschwanden wieder im Dunkel. Auf dem grünen Teppich wurde im Lichtschein ein großer brauner Fleck sichtbar, der am Rand verkrustet war und in einer kleinen Spur bis unter die Spüle verlief.

»Blut«, sagte Esme. »Da hast du deinen Toten.«

Sie fuhr mit dem Finger über den Fleck, der vollständig eingetrocknet war, und zerrieb ein Stückchen der Verkrustung zwischen ihren Fingern.

»Verdammt«, sagte Jérôme.

Sie wischte sich die Finger an ihrer Jacke ab und begann damit, die Schranktüren zu öffnen.

»Was suchst du hier?«, fragte Jérôme und sah mit entsetztem Blick zur Tür. Das Hundegebell hatte wieder angefangen und wurde immer lauter. Die Stimme eines Mannes war zu hören.

Jemand war auf dem Weg zum Wohnwagen, und er war nicht allein.

Julie

Julie erwachte. Die Sonne schickte bereits helle Strahlen durch die Lamellen der Jalousie. Ein Blick auf ihre Armbanduhr zeigte, dass sie verschlafen hatte.

Sie spürte die Schwere ihres Körpers. Der Schlaf hatte sie nicht erfrischt und auch nicht die Bedrückung ausgelöscht, die sich nach dem Auftauchen Frédérics in ihr ausgebreitet hatte.

Sie rollte sich langsam auf die Seite und ließ sich vom Bett auf den Boden fallen. Die Härte des Kunststoffbodens machte sie wach. Holz wäre besser gewesen. Ein Holzboden wie in Néville-sur-Mer, der leicht geknarrt hätte, der wärmer gewesen wäre.

»Kein Luxus für die Banlieue«, murmelte sie und begann mit ihren morgendlichen Dehnübungen – einem kurzen Ritual, das ihr von den Yogakursen ihrer Studienzeit geblieben war. Sie prüfte den Radius ihres linken Hüftgelenks, das ihr in letzter Zeit Schwierigkeiten machte. »Wieder mehr Sport machen«, notierte sie in Gedanken und krabbelte dann auf allen vieren durch das Wohnzimmer. Mit dieser einfachen Übung hatte sie sogar Frédéric regelmäßig zum Lachen gebracht.

In der Küche angekommen, stellte sie sich auf Hände und Füße, drückte die Knie durch und genoss die Dehnung in den Oberschenkeln. Sie richtete sich langsam auf. »Bonjour Soleil«, artikulierte sie laut in Richtung des Fensters und blickte dann auf den Wandkalender. Ein Relikt, das sie sich auch im digitalen Zeitalter nicht nehmen ließ. Dienstag. »Merde«, entfuhr es ihr. Donnerstag würde Pierre den ersten Bericht haben wollen.

»Merde«, wiederholte sie.

Der Bericht war noch nicht mal im Ansatz konzipiert. Robert und sie hatten noch keine Absprachen getroffen, wie sie ihre Ergebnisse präsentieren wollten.

Die Problemlage war komplex. Es gab die *›sans-papiers‹* wie Fréijart. Menschen, die illegal im Land lebten und keinerlei Ansprüche auf medizinische Versorgung hatten. Dann waren da legale Einwohner, die aus den verschiedensten Gründen aus der Krankenversicherung herausgefallen waren und nicht das Geld hatten, um sich eine privat finanzierte Behandlung zu leisten. Beide Gruppen wurden von der OJN durch das System geschleust. Und auch bei den Patienten, die völlig legal durch die digitale Diagnostik gingen, traten Probleme auf, da ein unzureichender Output festzustellen war. Falsche Diagnosen oder Risiken, wenn Apparate und Detektoren eine drohende Gefährdung nicht erkannten. Sprachprobleme der Patienten waren eine häufige Fehlerquelle, genauso wie motorische Probleme, die zu undeutlicher Artikulation führten.

Die Patienten der ersten beiden Gruppen mussten geschickt vertuscht werden.

Alles in allem schien Julie die Anwendung der digitalen Diagnostik immer fragwürdiger. War sie doch eingeführt worden, um für die Patienten, die in der Lage waren, für sich selbst zu sprechen, eine diagnostische Vorauswahl zu treffen. »Wir können nicht mit jedem, der einen Schnupfen hat, eine halbe Stunde reden«, hatte Pierre in seiner Einführungspräsentation deklamiert. »Die digitale Diagnostik wird uns helfen, Ressourcen zu sparen. Sie wird uns mehr Zeit verschaffen und uns ermöglichen, uns auf unsere eigentliche Arbeit zu konzentrieren. Natürlich wird es weiterhin in jedem Krankenhaus den Emergency Room geben. Wir werden kein blutüberströmtes Opfer eines Verkehrsunfalls vor unsere Detektoren setzen. Aber für die anderen, die Woche für Woche in den Warteräumen sitzen und den Ärzten von ihren Beschwerden erzählen wollen, für die können wir eine effektive Anlaufstelle schaffen, die ermittelt, wer wirklich eine Behandlung braucht und wen wir mit einem Rezept wieder nach Hause schicken können.«

Damals hatte Julie sich gefragt, was wohl auf den Rezepten stehen mochte. Schlafmittel? Antidepressiva? Schmerzmittel? Was würde mit den Menschen passieren, die diese Medikamente über einen längeren Zeitraum einnahmen? Würden ihre Beschwerden gelindert? Würden sie in eine Abhängigkeit geraten, die sie noch kränker machte?

Julie musste sich eingestehen, dass die Offenheit, die sie anfangs für das Projekt aufgebracht hatte, zu schwinden begann. Mehr und mehr erinnerten sie die Aufnahmestationen an Autowerkstätten, in denen ein Monteur mit seinem Laptop unter dem Arm kam, um die Defizite im Innern des Wagens auszulesen. Vorbei waren die Zeiten, als man dem Mechaniker erzählt, welche Geräusche oder Mucken das Auto wann und wie häufig von sich gab. Genauso wenig erfragten viele Ärzte, in welchem Lebenszusammenhang ein Krankheitssymptom zum ersten Mal aufgetreten war, welche Bedeutung es für den Patienten hatte. Auch persönliche Bewältigungsstrategien wurden nur selten erfasst. Der Computer spuckte die objektiven Daten aus und schlug je nach Datenlage Medikamente, eine OP, einen Gesprächstermin mit einem Arzt oder einen Kontrolltermin vor, den man genauso gut ›Wartungstermin‹ nennen konnte.

Die Zerlegung des Menschen in seine Einzelteile hatte begonnen und gipfelte in der Spezialisierung der Ärzte, die oft schon die Verbindung zu einem Nachbarorgan ignorierten und die die psychosoziale Komponente einer Störung in den Bereich der Scharlatanerie verwiesen.

Das Brodeln der Kaffeemaschine riss Julie aus ihren Gedanken. Sie schenkte sich eine große Tasse Kaffee ein. Milch war keine mehr da, so rührte sie einen Löffel Zucker in ihre Tasse und nahm dankbar ein paar Schlucke.

»Wir produzieren Körper ohne Geschichten«, hatte sie zu Robert am vorigen Morgen gesagt. »Wir sammeln Daten, aber wir gehen keine Beziehung mehr mit den leidenden Menschen ein.«

»Mag sein«, hatte er erwidert, »aber aus der Perspektive der OJN profitieren wir doch im Moment davon. Roboter stellen keine Fragen. Wenn man sie mit den richtigen Daten füttert, stehen sie zu unseren Diensten.«

»Zu Diensten. Wie wir. Vermutlich werden wir bald alle Teile der Maschinerie. Wir stumpfen mehr und mehr ab und opfern unsere Menschlichkeit auf dem Altar der Effizienz.«

»Julie, es kann wirklich keiner behaupten, dass mir das Wohl der Menschen nichts bedeutet. Ich verbringe jede Woche zwei Nächte ohne Honorar ab Mitternacht im OP. Viele Patienten, die ich zu Gesicht bekomme, sind schon narkotisiert. Für jede Geschichte, die ich mir anhören würde, könnte ich einen weniger operieren. Wir leben nun mal in einer arbeitsteiligen Gesellschaft. Die Zeit des Medizinmannes, der mit dem ganzen Dorf tanzt, ist vorbei. Und das ist vielleicht auch gut so.«

»Du findest das gut?«

»Nein, ich mache mir selbst Gedanken, ob wir mit der digitalen Diagnostik nicht wichtige Dinge übersehen. Aber wenn du das so formulierst, solltest du vielleicht besser Seelsorgerin werden.«

»Und du Mechaniker«, hatte sie gekontert.

Den Rest des Vormittages hatten sie schweigend weitergearbeitet. Keiner hatte mehr den Bericht an Pierre angesprochen. Es würde an ihr als Projektleiterin hängenbleiben, die entscheidenden Aussagen zu treffen. Die richtige Auswahl an Daten herzustellen, damit die eingeschleusten Patienten unsichtbar blieben. Aber wie könnte sie es schaffen, ihre Forderung zu begründen, die Diagnostik wieder mit mehr menschlichen Ressourcen zu gestalten? Bei Pierre würde sie damit keine offenen Türen einrennen.

Julie trank ihren Kaffee aus. Hunger hatte sie keinen. Das Abendessen im Restaurant war üppig gewesen. Sie hatte sich wohlgefühlt in Roberts Gegenwart, und es hatte gutgetan, einmal über etwas anderes als über die Arbeit zu sprechen.

Julie entschied sich gegen eine zweite Tasse Kaffee. Sie konnte im Krankenhaus noch eine Pause mit den Kollegen machen. Vielleicht wäre auch Frédéric heute wieder versöhnlicher gestimmt.

Sie duschte, zog sich an, und als sie gerade dabei war, die Wohnung zu verlassen, traf die Nachricht von Robert ein.

»Komm bitte sofort in die Praxis. Esme ist hier.«

Julie hinterließ eine Nachricht für Marie-Claire, in der sie die Besprechung des Tages absagte, und machte sich auf den Weg zur Metro.

Als sie in der Praxis im 19. Arrondissement eintraf, war das Wartezimmer voller Patienten. Aida nickte ihr zu.

»Sie sind in der Küche.«

Julie ging am Empfangstresen vorbei, klopfte an die Türe zur Mitarbeiterküche und betrat den Raum.

Zu ihrer Erleichterung schien Esme nicht ernsthaft verletzt zu sein. Sie saß auf einem Stuhl und beugte sich über die weiße Tischplatte. Direkt neben ihr saß Jérôme. Beide blickten vor sich hin und sahen nicht auf, als Julie den Raum betrat.

Robert lehnte an der Anrichte. Er trug den weißen Kittel des Krankenhauses.

Julie blickte ihn fragend an.

»Bonjour«, sagte er. »Möchtest du einen Kaffee?«

Julie nickte.

»Hier sind wir also«, sagte Robert und stellte eine Tasse mit der Aufschrift ›*Le chef c'est moi*‹ vor ihr auf den Tisch.

Julie setzte sich und erschrak. Aus der Nähe schien Esme viel blasser als bei ihrer ersten Begegnung.

Jérôme erhob den Blick. »Bonjour Madame.«

»Bonjour Jérôme, hallo Esme.«

»Ich bin den beiden im Krankenhaus begegnet. Es war purer Zufall, dass ich gerade da war.«

»Wieso im Krankenhaus?«

»Esmes Schnitt an der Hand hat wieder zu bluten begonnen. Sie musste noch mal genäht werden.«

»Und das hast du gemacht?«

Robert nickte. »Und … ich habe sie entführt.«

»Entführt? Was soll das heißen?«

»Entführt. Esme war mit einer Polizistin im Krankenhaus. Die beiden sind aufgegriffen worden. Bei einem Einbruch.«

»Ihr seid eingebrochen? Wo denn?«, fragte Julie.

»In einen Wohnwagen«, antwortete Robert, als Esme und Jérôme weiterhin schweigend auf ihre Tassen blickten. »Jérômes Identität war schnell gesichert. Er durfte wieder gehen. Nur bei Esme konnten sie nichts herausfinden.«

»Was heißt das?«

»Das heißt, dass Esme nicht einfach wieder aus dem Krankenhaus hätte herausspazieren können. Die Polizistin, die sie begleitet hat, hatte die Anweisung, sie anschließend in Gewahrsam zu nehmen. Naja, du weißt, was das bedeutet.«

»Und wie …?«

»Wir haben den Hinterausgang genommen.«

»Entführung«, sagte Julie. »Bist du verrückt geworden?« Sie knallte ihre Tasse auf den Tisch.

Esme sah auf und blickte an ihr vorbei zur Tür. Der Ausdruck großer Angst, den Julie bereits bei ihr kannte, hatte sich wieder auf ihr Gesicht gelegt.

»Na gut. Jetzt bist du hier. In Sicherheit«, sagte sie an Esme gewandt.

»Ich muss wieder in die Klinik«, sagte Robert. »Ich werde erzählen, dass Esme mir nach der Behandlung entwischt ist. Kannst du hierbleiben, bis Fréijart um zwei kommt? Ich habe ihn angerufen. Er kann Esme für ein paar Tage mit zu sich nach Hause nehmen.«

Julie seufzte. »Ist gut. Ich drücke dir die Daumen, dass sie dir die Geschichte abnehmen.«

»Wird schon klappen«, sagte Robert. »Ach, heute Abend muss ich noch mal nach Fardia sehen. Es geht ihr schlecht. Ist es dir recht, wenn ich kurz bei dir vorbeikomme? Es kann allerdings spät werden.«

Julie sah ihn an. »Ja. Mach das.«

Ein Lächeln huschte über Roberts Gesicht. Dann beugte er sich über den Tisch. »Esme, du kannst Fréijart und Marie vertrauen. Sie arbeiten schon lange mit uns. Hab keine Angst. Sie werden bestimmt nicht die Polizei holen. Aber ich bitte dich um eines: Bleib dort. Lauf nicht wieder weg. Ich weiß nicht, ob wir dir sonst noch mal helfen können. Versprichst du mir das?«

Esme nickte langsam.

»Merci, Monsieur«, murmelte Jérôme.

Robert richtete sich auf. Mit einem Blick auf Julie verließ er den Raum.

Julie betrachtete die beiden Jugendlichen, die ihr gegenübersaßen. Wie Tiere im Winter waren sie nahe aneinandergerückt, ohne sich jedoch zu berühren. Esme versuchte offensichtlich, so wenig wie möglich von dem, was um sie herum vorging, wahrzunehmen. Sie wirkte seltsam entrückt. Flucht kann in verschiedene Richtungen gehen, dachte Julie. Wie konnte sie dieses Kind nur erreichen?

»Dann haben wir jetzt Zeit, bis es weitergeht«, sagte sie. »Habt ihr Hunger?«

Esme nickte.

Nachdem Fréijart die beiden abgeholt hatte, beschloss Julie, erst später ins Krankenhaus zu gehen. Die Sonne schien, und es war ein leuchtender Herbsttag. Es wäre ihr wie ein Frevel vorgekommen, in dem fensterlosen Büro zu sitzen. Der Bericht an Pierre, der sie am Morgen noch unter Stress gesetzt hatte, kam ihr nun zweitrangig vor. Sie räumte den Tisch ab und fegte die Krümel zusammen, die Esme und Jérôme hinterlassen hatten. Sie hatten Pizza bestellt und die Stücke aus dem Karton mit der Hand gegessen. Esme hatte nur das Nötigste gesprochen und war auch nicht aufgetaut, als sie gegessen und von dem Tee getrunken hatte, den Julie zubereitet hatte.

Julie verabschiedete sich von Aida und verließ das Gebäude. Die Septembersonne schien warm auf ihr Gesicht. Sie würde einen Umweg durch den Park machen, sich einen Kaffee genehmigen und den Kindern auf dem Spielplatz zusehen. Kinder, die mit Eimerchen geschäftig Sand oder Wasser transportierten und genau zu wissen schienen, was sie zu tun haben. Das Spiel mit Erde, Wasser und Sand war wohl universell. An vielen Orten, an denen Julie mit ihrer Mutter gewesen war, hatte sie Kinder auf die gleiche Weise ihre Hände in dem matschigen Erdbrei rühren und die gleichen Formen und Muster kneten sehen. Sie versuchte, sich Esme als Kind auf einem Spielplatz vorzustellen. Ein kleines Mädchen mit dunklen Locken, dick eingepackt im Winter, in der Hand eine kleine Schaufel. Vielleicht derselbe ernste Blick, der ihr an Esme so aufgefallen war. Wo war sie überhaupt aufgewachsen? Noch immer hatten sie keinerlei Anhaltspunkte darüber, wo ihre Eltern waren.

In Jérôme hatte sie einen Beschützer gefunden, der ihr nicht von der Seite wich. Sie verständigten sich mit kurzen Sätzen auf Französisch, die Esme nicht akzentfrei sprach. Irgendein osteuropäischer Akzent.

Als Esme auf der Toilette war, hatte Julie versucht, mit Jérôme in ein Gespräch zu kommen. Offensichtlich kannte auch er Esme erst seit einigen Tagen. Erstaunlich, wie die beiden fast ohne Worte kommunizierten und wie durch ein unsichtbares Band verbunden wirkten.

Zum Glück war Fréijart wie verabredet gekommen. Er hatte keinen Augenblick gezögert, als sie ihn darum gebeten hatte, statt einem gleich zwei Schützlinge mitzunehmen. Vielleicht war er sogar ein bisschen erleichtert gewesen. Das würde es einfacher machen, Esme davon zu überzeugen, nicht wieder wegzulaufen.

Im Park angekommen, steuerte Julie den bunten Kiosk an und setzte sich auf einen der angerosteten Gartenstühle. Sie zog sich einen zweiten Stuhl heran, legte ihre Füße darauf und schloss die Augen. Entengeschnatter, vorbeigehende Passanten, das Klappern von Geschirr am Kiosk, das Klingeln der Kasse, ein weinendes Baby. Nannys waren mit antik aussehenden Kinderwagen unterwegs, die sie gelangweilt vor sich herschoben, die freie Hand mit dem Smartphone beschäftigt. Der Spielplatz mit der Sandkiste und den Schaukeln war leer.

Vermutlich waren alle Kinder, die der Babyphase entwachsen waren, wie die Kinder ihrer Kolleginnen, gerade in Förderkursen, beim Sprachunterricht oder durch musikalische Früherziehung vom Spielen abgehalten. Was für ein Kontrast zur Banlieue. Vielleicht war das auch einer der Gründe, warum sie so gerne dort wohnte. Das Geräusch spielender Kinder war am Tag rund um die Uhr zu hören. Nur bei Einbruch der Dunkelheit riefen die Mütter ihre Kinder zu sich in die Wohnungen, um sie vor den Jugendlichen zu schützen, die sich dann in ihren Gruppen zusammenfanden.

Sicher war es kein Privileg, zwischen Mülltonnen und den Obdachlosen auf den wenigen Parkbänken zu spielen. Gab es Freiräume nur noch um den Preis der Armut und Verwahrlosung? Bedeutete Wohlstand den Eintritt in ein durchorganisiertes Leben ohne Spielräume?

Wenn sie ja gesagt hätte zu Fréderic, würde sie jetzt im 16. Arrondissement wohnen. Eine große Wohnung, eine Putzhilfe und uneingeschränkt Zeit für ihre Arbeit und das gesellschaftliche Leben, das damit verbunden war, wenn man wie Frédéric wichtige Kontakte knüpfen und halten wollte. Und falls sie Kinder hätten, würden sie der Kinderfrau jeden Tag eine Liste mit Terminen in die Hand drücken, damit jedes Kind rechtzeitig in seiner Förderstunde ankäme. Musik, Sprachkurs, alles Mögliche, was auf der Agenda eines Fünfährigen stehen konnte.

Sie schauderte. Vermutlich war die Option auf eine Zukunft mit Frédéric mittlerweile sowieso hinfällig. Das ganze Gerede ihrer Kolleginnen. »Julie, worauf wartest du? Du bist jetzt 36, bald ist es zu spät.« Es prallte an ihr ab.

Zu spät wofür, dachte sie. Im besten Fall zu spät für ein Leben, das sie gar nicht wollte. Vielleicht umso besser.

Realisierte auch Frédéric, dass sie an einem Punkt in ihrer Beziehung stecken geblieben waren? Bei aller Vertrautheit war es ihnen nie gelungen, eine gemeinsame Perspektive zu entwickeln. Und die Konflikte der letzten Monate, waren sie nicht ein Zeichen der Frustration, die sich auf beiden Seiten ausgebreitet hatte? War es Zeit, die Konsequenzen zu ziehen? Eine klare Trennung würde zumindest die Zusammenarbeit im Krankenhaus erleichtern. Frédéric könnte eine neue Partnerin finden, mit der er seine Vorstellungen von Familie verwirklichen könnte.

Und sie selbst? Hatte sie einen Plan, ein konkretes Ziel? Wer nichts sucht, der wird auch nichts finden, dachte sie und erschrak über den Gedanken. Hatte Frédéric wirklich Recht, wenn er ihr vorwarf, dass sie ohne Orientierung durchs Leben ging? Musste jeder Mensch ein Ziel verfolgen?

Die Kopfschmerzen, die sie so gut kannte, setzten allmählich ein. Julie trank ihren Kaffee aus. Diese Pause war keine Erholung gewesen. Zu viele quälende Gedanken hatten sich in ihr breitgemacht.

Sie brachte ihre Tasse an den Ausschank zurück.

»Ist das nicht ein schönes Wetter heute?« Der Kioskbesitzer strahlte sie an.

»Ja, Sie haben Recht«, antwortete Julie und schämte sich, dass sie diese schlichte Tatsache so komplett vergessen hatte.

Milena

Milena starrte durch die Scheibe auf den Seitenstreifen. Nächtliche Lichter zogen an ihr vorbei.

»Möchtest du?«

Edin reichte ihr eine Plastikflasche mit Wasser. Milena nahm sie entgegen. Sie war noch ungeöffnet. Milena drehte bedächtig den Schraubdeckel auf und nahm ein paar Schlucke.

»Danke.«

Sie stellte die Flasche in die dafür vorgesehene Aussparung neben dem Sitz. Sie hatten die Périphérique erreicht. Bald würde die Morgendämmerung einsetzen. Die Straßen waren bereits voller Autos. Menschen, die sich auf den Weg zur Arbeit machten. Der Fahrer bog ab Richtung Le Havre. Milena hatte von diesem Ort noch nichts gehört, aber die Richtung war ihr ohnehin egal. Hauptsache raus aus der Stadt, so schnell wie möglich.

Die Waffe wog schwer in ihrer Handtasche. Sie hatte noch nicht einmal Zeit oder die Geistesgegenwart gehabt, sie wegzuwerfen. Wie lange würde es dauern, bis sie die Leiche in dem Wohnwagen fanden?

Nachdem sie am Vorabend eine Weile am Zaun hinter der Markthalle gestanden war, hatte sie sich in Bewegung gesetzt und war in Richtung der Wohncontainer gegangen. Sie konnte nicht sagen, was sie angetrieben hatte. Eine Mischung aus Neugier und Wut vielleicht, eine Wut auf diesen groben, schweren Mann, der Darek hieß und das Gespenst ihrer Kindheit war. Dieser unberechenbare, laute Koloss, der ihre Mutter in so große Angst versetzen konnte und der ihr Vater sein sollte. Vater war ganz bestimmt nicht das richtige Wort. Vaterschaftstest, was für eine Bezeichnung? Milena musste fast grinsen. Was hatte eine Vergewaltigung mit einer Vaterschaft zu tun? Laut Test war er der Täter, und jetzt hatte er seine Strafe bekommen.

Sie hatte ihn bei den Wohncontainern angetroffen. Er hatte die Tür seiner Behausung gerade geöffnet, als Milena wenige Meter davorstand.

»Hey. Du bist doch die Kleine aus dem Café.«

Milena nickte.

»Was suchst du hier?«

»Nichts. Ich wollte nur eine Zigarette rauchen.«

»Schau an«, sagte Darek. Er ging in einem Bogen um sie herum. Er kramte in seiner Brusttasche. »Magst du eine?«

Er näherte sich ihr mit der geöffneten Packung. Der gleiche Geruch von ungewaschenen Haaren stieg ihr wieder in die Nase, und sie musste sich darauf konzentrieren, sich nicht erneut zu erbrechen.

Sie nahm eine Zigarette, steckte sie sich zwischen die Lippen und lächelte ihn an.

Er gab ihr Feuer.

»Hübsch«, murmelte er, als sich der Schein der Flamme auf ihrem Gesicht widerspiegelte. »Du arbeitest also hier im Café.«

»Ja. Aber ich bin Studentin.«

»Was studierst du?«

»Kunst.«

Er lachte kurz auf. »Kann man damit Geld verdienen?«

»Na ja.« Milena stieß den Rauch aus. »Deshalb das Café«

»Verstehe«, sagte Darek. »Vielleicht kannst du dir ja was dazuverdienen. Was hältst du davon, wenn wir beide noch auf einen Cognac in meinen Wohnwagen gehen? Hier im Haus sind zu viele Leute.«

»Ein Wohnwagen?«

»Gleich neben der Straße. Komm mit, du wirst es nicht bereuen. Ich kann sehr großzügig sein, wenn ich zufrieden bin.«

»Okay.«

Milena drückte den Rest ihrer Zigarette mit der Spitze ihrer Sandale aus. Sie folgte ihm. Darek besaß einen Schlüssel für das Tor im Maschendrahtzaun. Sie durchquerten das Gelände bis zu dem einzeln stehenden Wagen, dessen Fenster mit Plastikläden verschlossen waren.

Er grinste. »Dann zur Sache.«

Er schloss die rostige Tür auf und ließ Milena den Vortritt. »Setz dich doch.«

Milena blickte sich um. Es war eng in dem Wagen, und die Sitzflächen waren zu einer Liegefläche zusammengeschoben. Sie setzte sich auf die weiche Matratze.

»Wo ist denn nur der Schnaps versteckt?«, witzelte Darek und durchsuchte die oberen Schränke. »Aha«, freute er sich. Er griff nach einer Flasche Slibowitz und zwei Wassergläsern und drehte sich zu Milena.

Der Schuss folgte unmittelbar. Traf ihn mitten in den Bauch. Sein Gesichtsausdruck wechselte von Freude zu Erstaunen, und als er in Wut umzuschlagen begann, brach er auch schon in sich zusammen.

Milena wartete einen Moment ab, bis er aufhörte, sich zu bewegen. Dann steckte sie die Waffe zurück in ihre Tasche und machte einen großen Schritt über ihn hinweg zum Ausgang.

Erst als sie draußen war, begann sie zu zittern und dann zu rennen. Über den Platz, durch den Zaun, dessen Tür noch angelehnt war, zurück zur Markthalle. Ein letzter Fahrer war noch vor der Lagerhalle. Edin, ein Stammkunde im Café.

Sie rannte direkt auf ihn zu. »Kannst du mich mitnehmen?«

»Ich fahre heute nur noch bis Rouen.«

»Das passt.«

»Steig ein.«

Die Autobahn wurde allmählich leerer. Sie entfernten sich offensichtlich von der Stadt.

Sie würde nicht mehr zurück können.

Sahid. Er würde sie bereits vermissen. Seit sie bei ihm in die Wohnung gezogen war, war sie nie eine Nacht weggeblieben. Ob er schon bemerkt hatte, dass sie Geld aus dem Umschlag genommen hatte? Dass die Waffe fehlte?

»Hast du Urlaub?«, fragte Edin.

»Ja.«

»Wo soll es denn hingehen?«

»Mal raus aufs Land. Die Stadt auf Dauer, das ist nichts für mich.«

»Ja«, sagte Edin, »Paris ist ganz schön hektisch. Du hast kein Gepäck dabei.«

»Ich will ja auch nicht lange bleiben. Mal einen Tag raus, frische Luft holen, dann wieder zurück. Muss ja bald wieder arbeiten.«

»Wohl wahr.« Edin nickte. »Ich mache viel Nachtschicht. Hab ja Familie. In Bosnien.«

»Wo in Bosnien?«

»Ist ein kleines Dorf. Das kennt keiner.« Edin sprach den gleichen Dialekt wie sie. Wahrscheinlich kam er aus derselben Region. »Sie werden bald nachkommen, nach Frankreich. Meine Frau und mein Sohn, und dann kann ich in der Werkstatt arbeiten. Dann ist Schluss mit den Touren. Die Familie gehört zusammen.«

»Hm.«

Milena nahm noch einen Schluck aus der Wasserflasche. Sie konnte Edins Vorfreude auf seinem Gesicht sehen, und im gleichen Moment schien ihr die Vision ihrer eigenen Zukunft wie ein Kartenhaus in Zeitlupe in sich zusammenzufallen. Selbst wenn Sahid ihr jemals verzeihen könnte, drohte ihr immer noch Haft oder Ausweisung. Sahid, der so viel für sie getan hatte. Der den Zulieferjob für die Drogendealer angenommen hatte, damit sie nicht so viel arbeiten musste, damit sie Geld sparen konnten, um sich eine gemeinsame Zukunft aufzubauen.

Auf keinen Fall durfte sie ihn in die ganze Sache mit reinziehen. Alles, was mit ihr in Verbindung stand, konnte auch ihn belasten. Wahrscheinlich waren auch Fingerabdrücke von ihm an der Waffe. Diese verdammte Waffe. Sie musste sie endlich loswerden.

»Wo lebt deine Familie?«, fragte Edin.

»Hab keine«, murmelte Milena.

Was sollte sie ihm von Sahid erzählen, der ihr beinahe Familie geworden wäre. Zuvor hatte es nur Esme gegeben. Selbst als sie noch auf dem Hof in Bosnien gelebt hatten, waren ihr die Mutter und der Stiefvater fast genauso entfernt wie jetzt erschienen. Der einzige Mensch, mit dem sie ihr Leben wirklich geteilt hatte, war Esme. Esme, die ihr fleißig schrieb und Nachrichten schickte. Vielleicht war sie schon in Deutschland mit ihrer Mutter und dem Stiefvater, den Esme nicht ausstehen konnte. Dieser plötzliche Aufbruch nach Deutschland musste seine Idee gewesen sein. Ihrer Mutter war diese Initiative nicht zuzutrauen.

Milena blickte auf ihre Fußspitzen, die in den Riemchensandalen steckten. Ihre Lieblingsschuhe, ein Abschiedsgeschenk von Esme. Einer der Glitzersteine hatte sich abgelöst und fehlte. Wie weit würde sie mit diesen Schuhen kommen? Sie waren alles andere als geeignet für eine Flucht.

Ein leichter Schwindel machte sich bemerkbar. Instinktiv hielt sie sich an dem Türgriff zu ihrer Rechten fest, bis der Anflug vorbei war. Sie hatte erst Esme und jetzt Sahid verlassen. Die beiden einzigen Menschen, die Gewicht in ihrem Leben hatten, und sie fühlte sich auf eine erschreckende Weise schwerelos. Vielleicht war es besser, die Waffe aufzubewahren, sie für sich selbst zu nutzen. Schließlich brachte sie anderen Menschen nur Unglück.

»Ich muss noch tanken«, sagte Edin und bog in den Autohof ein.

»Okay.« Milena nickte. »Ich geh mal kurz zur Toilette.«

In dem erleuchteten Waschhaus nahm sie ihr Handy aus der Tasche. Nachrichten von Sahid, von ihrer Chefin. Sie las keine davon. Sie klappte die Rückseite auf, entnahm die SIM-Karte und spülte sie durch die Toilette. Dann warf sie das Gehäuse in einen großen Abfallcontainer, der hinter dem Waschhaus stand.

Der Shop neben den Zapfsäulen war erleuchtet. Milena ging durch die Türe, die sich automatisch öffnete. Neben den Getränkeautomaten stand ein Regal mit belegten Brötchen vom Vortag, die in der künstlichen Beleuchtung bunt schillerten. Sie hatte immer noch den Geschmack des Erbrochenen in ihrem Mund. Ein Brötchen würde sie jetzt auf keinen Fall herunterbringen. Sie entschied sich für Pfefferminzbonbons. Als sie bezahlte, versuchte sie, den Inhalt ihres Portemonnaies zu überschlagen. Wie lange würde das Geld wohl reichen? Egal. Erst mal musste sie weiter.

Mit Erleichterung steckte sie sich eines der Bonbons in den Mund und spürte, wie die Schärfe der Minze nicht nur den üblen Geschmack auf ihrer Zunge milderte, sondern auch die Erinnerung an die nach Fett riechenden Haare übertünchte.

Sie schloss für einen kurzen Moment die Augen. Als sie wieder aufblickte, sah sie einen Polizeiwagen, der sich der Tankstelle näherte.

»Fahr weiter. Bitte fahr weiter«, flüsterte sie.

Doch der Wagen verlangsamte seine Fahrt und fuhr dann entlang der parkenden LKWs.

Direkt vor Edin, der neben seinem Fahrzeug stand, hielten sie an.

Milena biss auf das Pfefferminzbonbon, und sie fürchtete, dass das Krachen in ihrem Inneren bis zu den Polizisten zu hören wäre. Sie duckte sich hinter einen Zeitschriftenständer. Edin redete mit den beiden, zuckte mit den Schultern, zeigte schließlich auf das Waschhaus.

Schließlich setzte sich einer der beiden in Bewegung und ging langsam auf das Waschhaus zu.

Es dauerte einen Moment, bis Milena sich aus ihrer Erstarrung lösen konnte. Sie eilte durch den Hinterausgang des Shops geradewegs auf die Böschung zu, die die Servicestation vom Hinterland trennte. Sie durchkreuzte das Gebüsch, ohne darauf zu achten, dass ihr die Äste die Beine zerkratzten. Sie kletterte über den Metallzaun, der ihr lächerlich niedrig erschien, und landete auf der anderen Seite. Vor ihr lag ein riesiges Stoppelfeld.

Sie rannte los.

Julie hatte Mühe gehabt, Marie-Claire zu vertrösten. »Du kennst ja Edouard«, hatte sie insistiert. »Der kann sehr ungemütlich werden, wenn er die Ergebnisse nicht auf den Tisch bekommt.«

»Es tut mir leid, Marie-Claire, aber es sind da noch ein paar Fragen, und ich hatte noch keine Zeit, meine Analysen mit denen von Robert abzugleichen.«

Schließlich hatten sie sich auf Freitag geeinigt.

»Das ist dann aber wirklich die Deadline.« Marie-Claire hatte einen dicken roten Strich in ihre Agenda gezeichnet.

Den Rest des Nachmittags verbrachte Julie damit, neue Patienten in die OP-Pläne einzuschleusen, was nicht einfach war, da derzeit mit Robert nur drei Operateure zur Verfügung standen. Wie sollte das erst gelingen, wenn Robert sich auf den Weg nach Dubai machte?

»Maman, du wärst sehr stolz auf mich«, murmelte sie, als sie sich für einen Moment zurücklehnte. Ihre linke Schulter schmerzte. »Feierabend«, entschied sie. Sie räumte ihren Schreibtisch auf, schloss die Programme am Computer und schaltete ihn ab. Für den Moment waren die Dinge geregelt. Auch Esme war vorerst versorgt.

Ihr blieb noch genug Zeit, bei ihrer Mutter vorbeizuschauen, bevor sie sich auf den Heimweg machen würde.

Sie verließ das Büro, machte einen kleinen Umweg durch die Hauswirtschaftsabteilung und gelangte durch einen Seitenausgang ins Freie. Auf keinen Fall wollte sie noch einmal Marie-Claire begegnen, die sich sicher wundern würde, dass sie so früh Schluss machte, obwohl der Bericht noch nicht geschrieben war.

Julie bedauerte, dass sie Rosalie nicht von ihrem neuen Engagement erzählen konnte. Früher hätte es Rosalie sehr stolz gemacht, wenn ihre Tochter in ihre Fußstapfen getreten wäre und sich gegen die Ungerechtigkeiten in der Welt engagiert hätte. Doch in der Welt, in der sie jetzt lebte, würde sie die Erzählungen von Julie nicht mehr zu einem sinnhaften Ganzen zusammensetzen können. Jetzt zählten die unmittelbaren Gegebenheiten. Was gab es zu essen? War es dunkel? Oder hell? Wer war bei ihr? Und natürlich die Vergangenheit.

Als sie Rosalies Zimmer betrat, saß diese am Fenster. Eine Welle von Dankbarkeit durchflutete Julie, als sie sah, dass sie ordentlich gekleidet war und mit einem Lächeln im Gesicht den Vogelstimmen im Park zu lauschen schien.

»Maman, geht's gut?«

Sie umarmte Rosalie, die kurz aufsah und ihr zunickte.

»Da kommt mein Mädchen«, sagte Rosalie, und Julie spürte einen erneuten Impuls der Dankbarkeit, weil Rosalie sie erkannte.

»Maman, wollen wir in den Park gehen? Die Sonne ist noch ganz warm draußen.«

Rosalie erhob sich langsam, ohne zu zögern. »Wir wollen in den Park gehen«, wiederholte sie und reichte Julie die Hand.

Der Weg durch den Flur, mit dem Aufzug nach unten, dann weiter bis zur Eingangshalle dauerte eine kleine Ewigkeit, und Julie bereute bereits ihre Initiative. Wenn der Rückweg genauso lange dauern würde, dann wäre sie vor acht nicht zuhause.

Rosalie wurde von Pflegerinnen und anderen Heimbewohnern freundlich begrüßt, und sie winkte lächelnd und stolz zurück, ohne die Namen der anderen zu nennen.

»Die sind alle sehr nett hier im Hotel«, sagte sie zu Julie, die ihr zustimmend zulächelte. Die guten Tage von Rosalie waren selten. Sie sollte froh sein, dass ihre Mutter heute nicht von ihren Alpträumen heimgesucht wurde und ihr ein Tag in Zufriedenheit beschert war. Sie hatte ein schlechtes

Gewissen, weil sie in Gedanken bereits bei dem kommenden Abend, bei ihrer Verabredung mit Robert war. Sie nahm sich vor, geduldig mit Rosalie zu sein.

In der Ecke des Parks, nah am Haus, standen ein paar Holzbänke.

»Da möchte ich mich setzen«, sagte Rosalie.

»Also machen wir eine Pause«, stimmte Julie zu.

Rosalie blickte versonnen auf den Rasen.

»Und was macht Balou? Ist das Kleine endlich da?«

»Ja«, sagte Julie. »Heute Nacht ist es zur Welt gekommen. Dr. Beaufort war da. Aber jetzt steht es schon auf allen vieren.«

»Und trinkt es?«

»Ja, es trinkt.«

»Da wird sich Thérèse freuen.« Rosalie strahlte.

»Ja. Jetzt hat sie wieder drei Kälbchen im Stall.«

»Wie schön.« Rosalie atmete hörbar aus. »Wir müssen sie bald wieder besuchen. Die liebe Thérèse. Vielleicht braucht sie Hilfe auf dem Hof?«

»Aber nein, sie hat doch Paul. Der hilft ihr.«

»Trotzdem. Ich möchte Thérèse besuchen.« Der Tonfall Rosalies wurde drängender.

»Machen wir. Bestimmt. Beim nächsten Mal. Heute ist es ja schon zu spät.«

Rosalie entspannte sich wieder.

»Ob sie das Heu schon eingebracht haben? Ich kann bei der Heuernte helfen. Stell dir vor, Julie, das ganze duftende Heu.«

»Bestimmt ist die Scheune schon bis oben hin voll«, sagte Julie.

Die große Scheune auf dem Hof ihrer Tante. In den wenigen Sommern, die sie mit ihrer Mutter in der Normandie verbracht hatte, war sie oft alleine in den Winkeln des Gehöftes unterwegs gewesen. Sie hatte die Stille genossen, die sich einstellte, wenn alle sich zur Mittagspause im Wohnhaus ausruhten oder wenn abends die tägliche Arbeit verrichtet war. Sie liebte es, zu den Tieren zu sprechen, die Pferde mit Löwenzahn zu füttern oder die Kälbchen hinter den Ohren zu kraulen und sich von ihren rauen Zungen die Arme ablecken zu lassen.

An einem besonders heißen Sommertag hatte sie sich am Nachmittag von ihrer schlafenden Mutter fortgeschlichen und ganz alleine die Scheune betreten.

Flirrende Hitze herrschte, und kein Lufthauch war zu spüren.

Groß wie eine Kirche kam ihr das Scheunendach vor. Die Holzbalken, satt von Sonnenwärme, verströmten einen intensiven Geruch. Warmes, heißes Holz.

Sie stand andächtig in der Mitte der Scheune. Stille.

Das Blech des verbeulten, roten Traktors spiegelte sich in den Sonnenstrahlen, die nur spärlich durch die blinden Fensterscheiben drangen, die in großer Höhe angebracht waren.

Bei jedem Schritt trat sie barfuß auf einzelne Strohhalme, die auf dem Steinboden verstreut lagen.

Der Duft der Heuballen, die auf der Seite gestapelt lagen, war überwältigend. Neben dem Heu stapelten sich Futtersäcke. Schwere, braune Stoffsäcke, die das Mädchen nie im Leben hätte anheben können. Hinter einem dieser Säcke waren junge Katzen geboren worden. Sie hatten zitternd und maunzend mit geschlossenen Augen übereinander gelegen, und Julie hatte sie streicheln dürfen.

An jenem Nachmittag war Stille. Unterbrochen nur von vorbeifliegenden Insekten. Ihr Summen steigerte sich schnell und wurde laut, bis sie fast im letzten Moment den Kurs wechselten und am Kopf des kleinen Mädchens vorbeiflogen, ohne sie zu treffen. Dicke Brummer kreuzten behäbig. Schmale, hellere flogen pfeilschnell, offensichtlich auf ein Ziel zu.

Die Kühle des Steinbodens war angenehm an den Füßen. Sonst fror Julie in Frankreich oft. Aber die gestaute Wärme in der Scheune vermochte sogar, dickste Holzbalken bis in die inneren Fasern zu trocknen. Die Wärme drang durch ihren Körper, und der Duft von Holz und Heu umgab sie.

Mit jedem Atemzug hatte die Scheune das Mädchen in sich aufgenommen.

»Ach, ich muss los«, sagte Rosalie plötzlich.

Eine kleine Gruppe von Bewohnerinnen kam den schmalen Weg entlang. Einige gingen vorsichtig mit Hilfe ihrer Rollatoren, andere waren noch besser zu Fuß oder hielten sich allenfalls an einem Stock fest. Sie grüßten wortreich.

Rosalie erhob sich. »Julie, was trödelst du wieder? Wir müssen los.«

Sie folgten der Gruppe, und erleichtert stellte Julie fest, dass alle in Richtung des Speisesaals abbogen. Sie würde Rosalie der Gemeinschaft der anderen überlassen können und sich bald verabschieden.

Eine halbe Stunde später betrat sie das Hochhaus in Pantin und steuerte auf den Aufzug zu. Ein kleines Mädchen rannte an ihr vorbei. »Nounou, warte, nicht so schnell«, rief ihre Mutter vom Eingang her. Doch das Mädchen hörte nicht auf sie und drängte sich an Julie vorbei in den Aufzug. »Wie oft habe ich dir gesagt, du sollst nicht alleine in den Aufzug gehen. Wenn du da drin stecken bleibst, können wir dich nicht mehr rausholen.« Die Kleine blickte trotzig zu Boden.

Julie erkannte Fardia und betrat nach ihr den Aufzug. »Bonsoir Madame.«

Fardia sah kurz zu ihr auf, wandte sich dann aber wieder Nounou zu, indem sie ihr ein Taschentuch vor die Nase hielt. »Los«, sagte sie, und Nounou schnäuzte folgsam ins Taschentuch.

Dann begann sie damit, Julie unverhohlen anzustarren.

»Bonjour ma petite«, sagte Julie und sah Nounou direkt an.

»Du hast Bobo gebracht«, stellte Nounou fest.

»Stimmt«, sagte Julie. »Wie geht's ihm denn?«

»Gut«, sagte Nounou. »Er will immer bei mir sein.«

»Das glaube ich.«

Der Aufzug hielt im zwölften Stock. Fardia nahm das Mädchen an der Hand.

»Komm jetzt, Nounou.« Sie nickte Julie fast unmerklich zu.

»Wo wohnst du?«, rief ihr Nounou aus dem Flur zu.

»Im 13., direkt über euch.«

Die Tür des Aufzuges schloss sich wieder, und Julie drückte auf die Taste mit der Nummer 13.

In ihrer Etage angekommen, nahm sie ihre beiden großen Papiertüten in die linke Hand, um mit der rechten die Wohnungstüre aufzuschließen. Sie hatte mehr eingekauft als beabsichtigt. Bei Ibram war gerade das Obst und Gemüseregal neu aufgefüllt worden, und sie hatte nicht widerstehen können.

In der Wohnung stellte sie die Tüten neben der Spüle ab.

Erst mal umziehen. Sie verspürte Hunger. Sie kramte in den Tüten und holte eine Packung gesalzener Erdnüsse hervor, die sie aufriss und zu knabbern begann.

Sie stellte den Rosé in den Kühlschrank, legte die Schokolade und die Kekse ins Regal und begann, das Gemüse auf der Anrichte auszubreiten.

Eine Zwiebel auf jeden Fall. Sie wählte die größte aus und zerhackte sie auf einem Holzbrett in kleine Stücke.

Es klingelte. Ihr erster Gedanke galt Fardia, aber als sie durch den Spion sah, stand Robert vor der Tür.

»Ich war doch etwas früher fertig«, sagte er, als er die Wohnung betrat. Er stellte seine Schuhe neben ihre in den Flur und steuerte geradewegs auf die Küche zu. »Oh, das sieht ja gut aus. Ich habe riesigen Hunger.«

Sein Blick wanderte über die glänzenden Auberginen, die Tomaten, Oliven und Möhren, die sie bereits ausgepackt hatte.

»Darf ich?« Er griff in die Tüte mit den Erdnüssen. »Kann ich dir helfen? Ich liebe es zu kochen. Ich glaube, wenn ich nicht Arzt geworden wäre, wäre ich Koch geworden. Ich habe einen Onkel, der hat ein Restaurant in der Bourgogne. Wir waren früher oft da. Als Kind habe ich ihm immer geholfen. Ich glaube, ich habe eine Stunde für einen Bund Radieschen gebraucht. Aber heute bin ich schneller.« Er lachte.

Julie legte ihm ein Schneidebrett auf die Arbeitsfläche und zeigte auf die Besteckschublade. »Messer sind da drin.«

»Mit Knoblauch?« Robert hielt eine ganze Knolle in der Hand.

»Gern.«

»Chilli?«

»Hab ich auch.«

»Dann fang ich mit dem Knoblauch an.«

Er löste einige Zehen aus der Zwiebel und nahm sich ein großes Messer aus der Schublade.

»Ich liebe Knoblauch«, plauderte er weiter. »Knoblauch muss geschnitten werden. Und allenfalls mit dem Messer gepresst. Diese Knoblauchpressen sind allesamt Schrott. Sie quetschen die Fasern, trennen den Saft vom Fruchtfleisch und die Hälfte bleibt in der Presse stecken.«

»Mach, wie du denkst. Ich wusste gar nicht, dass du so gerne Gemüse schnippelst. Du hast ja den ganzen Tag im OP schon mit Messern zu tun.«

»Ach, lass mal die Arbeit beiseite«, protestierte Robert.

»Das aus deinem Mund. Magst du einen Apéritif?«

»Auf jeden Fall.«

Sie nahm zwei Gläser aus dem Regal und holte den Rosé aus dem Kühlschrank.

»Leider noch nicht kalt genug.«

»Tja, das kostet die Lokalität mindestens einen Stern.« Robert hielt ihr die Gläser zum Einschenken hin.

Er prostete ihr zu, nahm einen Schluck und vertiefte sich wieder in seine Arbeit.

»Hast du kein schärferes Messer?«

»Nein. Ich glaube, du hast schon das Beste genommen.«

»Also wirklich, mit diesem hier kann man ja nicht mal Weichteile durchtrennen. Wie soll ich mich da an die Möhren machen?«

Ohne eine Antwort abzuwarten, holte er eine Tasse aus dem Regal und begann, das Messer am unteren Porzellanrand zu schärfen. Dabei summte er leise vor sich hin. Julie hatte ihn selten so fröhlich und entspannt erlebt.

»Vorhin bin ich Fardia im Aufzug begegnet. Mit ihrer kleinen Tochter.«

»Hm«, sagte Robert und summte weiter, während er die Möhren in dünne Streifen schnitt.

»Was hast du eigentlich mit Fardia zu tun?«

»Na gut, da ist die Arbeit wieder«, seufzte Robert. »Fardia bekommt durch uns ihre Medikamente.«

»Wofür?«

»Depression.«

»Und warum hat sie keine Krankenversicherung? Sie ist doch nicht illegal hier, oder?«

»Nein, ist sie nicht. Aber sie hat sich viele Jahre mit Gelegenheitsjobs durchgeschlagen, nachdem der Vater von Jérôme verschwunden war. Sie hat keine Nummer. Irgendwann bekam sie Depressionen, und den Teufelskreis kannst du dir ja vorstellen.«

Julie nickte. »Und wie kam sie an die OJN?«

»Über Marie, die Frau von Fréijart. Sie haben eine Weile zusammengearbeitet, irgendeine Reinigungsfirma. Marie hat dann die Initiative ergriffen, als sie gemerkt hat, dass Fardia am Ende war.«

»Da hat sie Glück gehabt.«

»Ja, manchmal braucht man Glück«, sagte Robert und griff hinter ihrem Rücken nach der Pfeffermühle.

Plötzlich spürte Julie seine Lippen auf ihrem Nacken. Eine sachte, kurze Berührung, die eine warme Stelle auf ihrem Hals hinterließ. Für einen Moment schloss sie die Augen.

»Sind die so in Ordnung?«, fragte Robert und zeigte auf die Möhren. »Oder möchtest du sie kleiner haben?«

»Ist gut so. Reichst du mir mal das Olivenöl, bitte?«

Sie nahm die schwere Pfanne vom Haken und erhitzte vorsichtig das Öl. Hatte er sie wirklich auf den Hals geküsst? Oder hatte sie sich das nur eingebildet? Es zischte, als sie nach und nach das Gemüse dazugab.

»Das Couscous nicht vergessen«, murmelte sie und stellte einen kleinen Topf bereit.

»Gibt es noch Nachschub?«, fragte Robert und hielt ihr sein leeres Glas entgegen.

»Klar. Und vielleicht schon ein Grad kühler.«

Wenig später war alles zubereitet, und sie nahmen an dem kleinen Tisch in der Küche Platz.

»Schmeckt ausgezeichnet«, sagte Robert nach einer Weile des Schweigens und stand auf, um sich noch etwas Gemüse zu holen. »Möchtest du auch noch?«

Julie hielt ihm ihren Teller hin und machte eine Geste, um anzudeuten, dass sie nur noch eine kleine Portion haben wollte.

»Was machen die Vorbereitungen für Dubai?«

»In zwei Wochen werde ich fliegen. Vielleicht haben wir Glück. Es gibt einen neuen Arzt in der Internistischen Abteilung. Er hat Interesse bekundet. Momentan wird er von der Gruppe etwas unter die Lupe genommen. Wenn alles okay ist, wird er wohl bei uns mitarbeiten. Dann entspannt sich die Lage wieder ein bisschen.«

»Das wäre gut. Ich weiß nicht, wie wir das ohne dich schaffen sollen.« Julie stand auf. »Möchtest du auch einen Kaffee?«

»Kaffee ist super.«

»Ich hab sogar noch Schokolade.«

Robert lächelte ihr zu. Er stand vom Tisch auf und stellte die Teller auf die Spüle.

»Setz dich wieder hin«, sagte Julie. »Du stehst im Weg.«

Robert setzte sich und verschränkte die Arme. »Julie, ich denke, ich werde nicht lange in Dubai bleiben.«

»Was heißt das, nicht lange? Oder anders gefragt, was wäre denn lange?«

»Lange wäre für immer. Oder jedenfalls so lange, wie Sonja beschließt, dort zu sein.«

»Und jetzt will sie das nicht mehr?«

Robert schüttelte den Kopf. »Wer weiß schon genau, was Sonja will. Das konnte sich schon immer sehr schnell ändern. Und wenn sie etwas verändern will, dann zieht sie das auch durch. Die gemeinsame Planung mit anderen, und in diesem Fall mit mir, ist nicht Sonjas Stärke. Allerdings erwartet sie von mir, dass ich ihre Entscheidungen mittrage. Mit dem Entschluss, nach Dubai zu ziehen, hat sie eine Grenze überschritten.«

»Und dein Sohn?«

»Natürlich möchte ich mich um Jonas kümmern. Und ich vermisse ihn. Aber ein Leben in Dubai ist ein hoher Preis … Und ein Leben mit Sonja«, fügte er noch hinzu. »Vielleicht werden wir eine Regelung finden, dass Jonas zeitweise bei mir in Paris aufwächst.«

»Du willst dich von Sonja trennen?«

Julie stellte die beiden Tassen mit heißem Kaffee auf den Tisch und setzte sich wieder.

»In Wirklichkeit sind wir doch schon lange getrennt. Selbst als sie noch in Paris war. Wir hatten unsere gemeinsame Aufgabe. Das hat uns zusammengehalten. Aber wir waren uns kein Gegenüber mehr. Schon lange nicht mehr. So zu sitzen und zu reden, wie hier mit dir. Ich weiß nicht, wann ich mit Sonja zum letzten Mal ein Gespräch geführt habe, bei dem wir uns wirklich zugehört haben. Ich glaube, sie braucht nicht mich, sondern hält an dem Vater von Jonas fest.«

Julie griff nach dem kleinen Löffel, der vor ihr auf dem Tisch lag, und Robert legte vorsichtig seine Hand auf ihre.

Seine Hand fühlte sich warm und leicht an. Kaum, dass er Gewicht abgegeben hätte, schien seine Hand eher über ihrer zu schweben.

Wie friedlich die Welt doch sein kann, dachte Julie und verspürte den Impuls, sich mit ihrem ganzen Körper unter diese Hand zu begeben.

»Und wenn Sonja dich nicht einfach gehen lässt?«, fragte sie stattdessen und zog ihre Hand zurück.

»So oder so wird sie nicht einverstanden sein«, sagte Robert, »aber das ist schließlich meine Entscheidung.«

Julie rührte Zucker in ihren Kaffee und trank ihn in einem Zug aus.

Ob Frédéric wohl gerade auch bei einer anderen Frau saß? Ob er sich wohl bei ihr über sie beklagte, die unfähig war, eine Entscheidung zu treffen?

Ein Blick auf Robert stimmte sie wieder versöhnlicher. Er sah zerknirscht aus. Es war offensichtlich, dass er litt.

»Wenn Sonja untergetaucht ist, dann wird es nicht so einfach sein, Jonas nach Paris zu bringen«, fuhr sie fort. »Kannst du dir vorstellen, auch Jonas loszulassen?«

»Ich weiß es nicht.« Robert rührte noch einen Löffel Zucker in seine Tasse. »Ich weiß es wirklich nicht. Aber die letzte Zeit habe ich das ja auch geschafft, obwohl ich ihn sehr vermisse. Und er ist noch viel zu klein, um über die Entfernung einen Kontakt zu halten.«

Julie nickte.

»Vielleicht muss es ja nicht für immer Dubai sein.«

»Es ist ja nicht nur Dubai. Auch mit Sonja … Aber warum erzähle ich dir das? Schließlich muss ich das mit Sonja klären. Aber was ich dir sagen wollte, ist, dass ich Paris nicht für immer verlassen möchte. Und das hat auch mit dir zu tun, Julie.«

Er sah ihr nun direkt in die Augen, und sie sah ein Flackern am Rande der Iris, die ihr gleichzeitig Angst machte und sie in Erregung versetzte.

Sie begann mit kleinen Bewegungen, die Zuckerkruste zu zerhacken, die sich am Boden ihrer Tasse gebildet hatte.

»Julie, es ist seltsam, wir kennen uns nicht besonders gut, aber ich fühle mich bei dir zuhause. Fast wie nirgends sonst auf der Welt.«

»Hier in meinem 40-Quadratmeter-Appartement?« Julie lachte auf.

»Mach dich nicht lustig über mich. Und wenn du es genau wissen willst, mir reichen die zehn Quadratmeter deiner Küche.« Sein Blick wanderte über die Anrichte, auf der noch die Gemüseabfälle lagen. »Mir gefällt die Art, wie du Gemüse schneidest und mit ernstem Blick in der Pfanne rührst. Und als Ärztin machst du die Dinge, oder du machst sie nicht. So wie du es für richtig hältst. Aber du bist keine von denen, die stundenlang politische Vorträge halten und dann nicht handeln.«

Julie lehnte sich zurück. »Ich glaube, da verkennst du mich. Ich weiß selten, was richtig oder falsch ist.«

»Und dennoch handelst du.«

»Wenn du wüsstest, wie unsicher ich oft bin.«

»Umso mehr fühle ich deine Stärke. Bei dir habe ich das Gefühl, alle Impulse kommen tief aus deinem Inneren.«

Julie blickte auf und konnte seinen Blick erhaschen, der geradezu durch sie durchzugehen schien. Gab es tatsächlich etwas in ihrem Innern, das er sehen konnte?

»Wenn ich aus Dubai zurück bin, möchte ich dich besser kennenlernen, Zeit mit dir verbringen. Nicht nur im Krankenhaus.«

Julie nahm die Tassen vom Tisch und räumte sie auf die Spüle. »Ich weiß nicht, ob das eine gute Idee ist. Schließlich, du weißt ja, Frédéric und ich. Wir werden vielleicht zusammenziehen.«

»Vielleicht?«

»Ja. Richtig oder falsch. Vielleicht«, sagte Julie.

»Du wirst schon wissen, was zu tun ist«, sagte Robert und stand langsam auf. »Ich geh dann jetzt mal. Wir sehen uns ja noch im Krankenhaus. Bevor ich abreise«, setzte er noch hinzu.

»Ja, mach das«, sagte Julie und begleitete ihn in den Flur.

Als er den Türgriff in der Hand hielt, berührte sie für einen Moment mit den Fingerspitzen seinen Nacken. An der Stelle, wo sie zuvor seinen Kuss gespürt hatte. Er hielt inne, und sie konnte sehen, wie ein Lächeln über seinen Mundwinkel huschte.

»Bis bald, Julie«, sagte er und verließ die Wohnung, ohne sich noch einmal umzudrehen.

Fréijart öffnete die Tür.

»Bonjour Monsieur«, sagte Julie und ging an ihm vorbei in die Wohnung.

»Bonjour Madame Djann. Sie ist in ihrem Zimmer. Ich glaube, sie ist wach.«

Fréijart zeigte auf die Türe rechts im Korridor. Julie klopfte, wartete kurz ab und betrat den Raum. Die Jalousien waren heruntergelassen, und so hatte sie Mühe, Esme auf ihrem Bett sitzend zu erkennen.

Sie stieg über die Matratze, die auf dem Boden lag, und blieb direkt vor Esme stehen. »Hallo Esme.«

Esme schreckte hoch. Langsam nahm sie die Stöpsel aus den Ohren. Ein entfernter Rhythmus wurde vernehmbar.

»Bonjour Madame.« Sie zog ihre Knie noch näher Richtung Kinn.

»Wie geht's dir?«, fragte Julie und bereute sofort die Direktheit ihrer Frage.

»Gut«, antwortete Esme, ohne den Blick von der gegenüberliegenden Wand abzuwenden.

»Das ist schön.« Julie stellte ihre Tasche auf dem Bett ab. »Ich wollte mal nach deiner Hand sehen.«

Esme sah auf und blickte sie prüfend an.

»Zeig mal her«, sagte Julie. »Hast du Schmerzen?«

Esme schüttelte den Kopf. Sie streckte Julie die Hand hin, ohne ihre Position zu verändern.

Wie ein kleiner Vogel mit einem gebrochenen Flügel. Sie musste an die junge Krähe denken, die ihre Tante auf dem Bauernhof gepflegt hatte. Bei einem gemeinsamen Spaziergang hatten sie die Krähe auf offenem Feld gefunden. Sie war vor ihnen hin und her gehüpft. Ein Flügel war sonderbar seitlich abgestanden.

»Sie wird verhungern«, hatte Thérèse gesagt und sie kurzerhand mit Hilfe ihrer Strickjacke eingefangen. Zurück auf dem Hof hatte sie das verängstigte Tier auf die Dachterrasse gesetzt, auf dem sie vor den Katzen sicher war.

»Wird sie jetzt immer hierbleiben?«, hatte Julie gefragt.

»Das werden wir sehen«, hatte Thérèse erwidert. »Erst mal müssen wir was Essbares auftreiben.«

Sie stellte kleine Tellerchen auf mit Haferflocken und Rosinen. Eine Schale mit Wasser.

»Auf Dauer werden wir aus dem kleinen Freund keinen Vegetarier machen«, lachte Thérèse. Und am Abend bat sie Paul, ihr Würmer mitzubringen.

Schon am nächsten Tag zeigte der Vogel keine Anzeichen mehr von Unruhe, wenn Thérèse mit Julie an der Hand die Holzstreben betrat. Er hüpfte weiter hin und her und pickte mit dem Schnabel energisch auf die Holzverkleidung.

»Wir werden ihn Pic nennen«, beschloss Thérèse, und Julie verbrachte in jenem Sommer viele Nachmittage auf dem Balkon bei Pic.

Sie las ihm aus einem Buch vor oder beobachtete mit ihm zusammen die vorbeifliegenden Vögel.

Es ist leichter, eine Krähe zu zähmen als dieses Kind, dachte Julie und setzte sich vorsichtig auf das Bett neben Esme. Sie nahm die verbundene Hand auf ihren Schoß und testete zunächst die Sensibilität in den Fingern. Die Schnitte waren tief gewesen. Teile der Finger in Esmes linker Hand waren noch gefühllos.

Sie griff in ihre Tasche und nahm das Verbandszeug heraus. Sie streifte sich Handschuhe über, entfaltete ein steriles Tuch und begann damit, den Verband abzulösen.

Die Wunde war gerötet und sonderte an den Rändern ein eitriges Sekret ab. Kein gutes Zeichen. Aber auch kein Wunder, wenn die verletzte Hand nicht geschont wurde. Esme zuckte mit keiner Wimper, als Julie die Wunde desinfizierte und einen neuen Verband anlegte.

»Tut das weh?«, fragte Julie.

Esme schüttelte den Kopf. Julie hatte den Eindruck, dass Esme ihr nicht nur die Hand zum Verarzten überlassen hatte, sondern den ganzen Arm von sich abgespalten hätte. Sie wollte nichts spüren. Also spürte sie auch nichts.

»So. Das hätten wir.«

Sie nahm die verbundene Hand und legte sie vorsichtig auf Esmes Bein ab.

»Danke«, murmelte Esme und bewegte leicht die Finger, wie um zu sehen, ob die Hand nun wieder ihr gehorchte, ihr gehörte.

»Wo ist Jérôme?«, fragte Julie.

»Muss arbeiten«, sagte Esme und steckte die Ohrhörer wieder in beide Ohren.

»Esme«, sagte Julie, »du kannst noch ein paar Tage hier bleiben. Wir überlegen uns was für dich. Aber du musst auch mithelfen und machen, was Monsieur Fréijart und Marie dir sagen. Machst du das?«

Esme nickte.

»Und Esme, wo sind eigentlich deine Eltern?«

Esme zuckte mit den Schultern.

»Sie werden sich Sorgen machen um dich, Esme.«

Esme blickte sie an, wie wenn sie aus einer fernen Welt plötzlich bis zu Julie sehen könnte. »Ich gehe nicht zurück zu meinen Eltern«, sagte sie und schaltete die Musik wieder an.

Unerreichbar, dachte Julie. Wie wenn eine Wand zwischen ihnen stünde. Esme war wieder in ihre Welt verschwunden. Julie hatte das Gefühl, alleine auf diesem Bett in dem abgedunkelten Zimmer zu sitzen.

»Ist gut«, sagte sie mehr zu sich selbst und erhob sich. »Ich sehe morgen noch mal nach dir.«

Im Flur traf sie auf Fréijart.

»Madame Djann, bleiben Sie noch für einen Kaffee? Bitte.«

»Gerne«, sagte Julie und folgte ihm in das durch einen Vorhang abgetrennte Wohnzimmer.

Die Freundlichkeit des Mannes wirkte wie ein warmes Tuch nach der Kühle, die Esme ausgestrahlt hatte. Fréijart hatte bereits zwei Tassen und eine Schale mit Gebäck bereitgestellt. Die Tischdecke auf dem runden Holztisch war handbestickt. Der Raum war mit einfachen Mitteln sorgfältig eingerichtet und dekoriert. Kleine Wandbehänge und Fotos zeigten, wie sehr die Fréijarts mit ihrer algerischen Vergangenheit verbunden waren.

»Das ist alles Marias Werk«, sagte Fréijart und lächelte, als er sah, wie Julie sich interessiert umsah. »Sie ist eine Künstlerin, was den Entwurf oder die Herstellung von Textilien betrifft. Unter anderen Umständen müsste sie sich das Geld nicht mit Putzen verdienen.«

Julie nickte. »Ja. Es sind wirklich wunderschöne Farben. Sie haben mitten in Paris ein kleines Stück Algerien geschaffen.«

»Sie kennen Algerien?« Fréijart schenkte den starken schwarzen Kaffee in die Tassen ein und machte eine einladende Geste. »Die Kekse hat Maria heute Morgen gebacken. Greifen Sie zu. Die schmecken heute am besten.«

Julie setzte sich und nahm sich einen der glänzenden Kekse. Sie brach mit den Zähnen durch die knusprige, gesüßte Kruste und spürte den Geruch von Vanille und Kardamom, der sich in ihr ausbreitete. »Die kenne ich«, sagte sie. »Die hat meine Mutter früher oft gebacken.« Und als Fréijart sie fragend anblickte, ergänzte sie: »Meine Mutter war einige Male in Algerien, früher. Im Grunde ist Algerien das einzige Land, das meine Mutter bereist hat, ohne dort zu arbeiten.«

»Ihre Mutter hat im Ausland gearbeitet?«

»Ja, sie war Ärztin. Viele Jahre war sie für Hilfsorganisationen unterwegs. Eigentlich konnte ich es gar nicht verstehen, dass sie in ihren Ferien auch noch verreisen wollte. Aber Algerien war wohl eine Ausnahme.«

»Und sie waren dabei?«, fragte Fréijart und rührte noch einen Löffel Zucker in seine Tasse.

»Ich war noch sehr klein. Aber ich erinnere mich an das Dorf, das wir besucht haben. Meine Mutter war mit einer Kollegin befreundet, die aus Algerien stammte. Und wenn sie ihre Familie besucht hat, sind wir manchmal mitgefahren. Ich kann gar nicht genau sagen, wo das Dorf liegt. Was mir am meisten in Erinnerung geblieben ist, sind die vielen Kinder, die den ganzen Tag draußen waren. Wir haben zusammen gespielt, von morgens bis nachts. Und natürlich das Essen. An das Essen erinnere ich mich.«

Sie lächelte versonnen und nahm sich einen weiteren Keks.

»Zuhause, in Paris, haben wir immer zu zweit gegessen, Maman und ich. Aber in Algerien waren wir Teil dieser Großfamilie. Alle waren um den Tisch versammelt. Als Kinder hatten wir nicht mal eigene Stühle. Wir landeten immer bei einer der Frauen auf dem Schoß.

Fréijart nickte.

»Aber was erzähle ich Ihnen da alles? Daran sind nur die Kekse schuld«, lachte Julie und steckte sich den Keks, den sie noch in der Hand hielt, in den Mund.

»Greifen Sie zu.« Fréijart schob die Schale mit den Keksen noch näher zu ihr.

»Nein, danke«, sagte Julie und griff nach ihrer Tasche. »Ich muss jetzt aufbrechen.« Sie erhob sich langsam. »Ich muss noch im Heim nach meiner Mutter sehen, bevor ich ins Krankenhaus gehe.«

»Ihre Mutter lebt im Heim?«

»Ja. Leider. Eigentlich ist sie noch gar nicht so alt. Aber sie hat eine Demenz entwickelt, kurz nachdem sie in Rente ging.«

»Das tut mir leid«, sagte Fréijart.

»Ja, es ist traurig, sie so zu sehen. Zum Glück konnte ich einen Platz in der Résidence gleich neben dem Krankenhaus organisieren. So kann ich sie wenigstens oft besuchen.«

»Ihre Mutter kann froh sein, Sie zu haben«, sagte Fréijart und stand ebenfalls auf, indem er sich vorsichtig auf dem Tisch abstützte.

»Passt es Ihnen, wenn ich morgen Vormittag noch mal nach Esme sehe?«

»Ja, ich werde hier sein.«

»Und vielen Dank noch mal, dass Sie sie hier beherbergen.«

»Das ist doch selbstverständlich«, sagte Fréijart. »Sie macht uns wirklich keine Arbeit. Allerdings machen wir uns Sorgen um sie. Selbst Maria kommt nicht an sie heran.«

»Ja. Sie ist ein sonderbares Mädchen«, seufzte Julie. »Der einzige, zu dem sie Vertrauen gefasst hat, ist Jérôme. Ich möchte zu gerne wissen, was sie erlebt hat und was mit ihren Eltern ist. Aber sie spricht nicht darüber.«

Fréijart zuckte mit den Schultern. »Wir haben alle viel erlebt. Wer weiß schon, durch welche dunkle Gasse sie hierhergekommen ist.«

»Ja, wer weiß«, wiederholte Julie. »Danke noch mal für den Kaffee und die wunderbaren Kekse.« Sie reichte ihm die Hand und verließ die Wohnung.

Als die Türe hinter ihr zugefallen war, blieb sie, von einer plötzlichen Unsicherheit befallen, für einen Moment stehen. Sie versuchte, sich auf ihre Fußsohlen zu konzentrieren. Ausgangspunkt?, dachte sie. Okay, formulierte sie langsam, ich stehe mitten in Paris.

Als sie später im Krankenhaus aus dem Aufzug trat, kam Frédéric um die Ecke gebogen.

»Julie, mach dir keine Mühe. Edouard ist heute nicht da. Er ist bei einem Meeting mit der Geschäftsführung.«

»Mist«, sagte Julie.

Frédéric blieb direkt vor ihr stehen. Auf seinem weißen Kittel wurde das Licht der Deckenbeleuchtung reflektiert, und Julie fühlte sich geblendet. »Aber dann hast du ja jetzt Zeit«, begann er, »… und wir könnten einen Kaffee trinken?«

Julie zögerte.

»Es tut mir leid wegen neulich«, fuhr er fort. »Du weißt, ich hasse es, wenn ich auf jemanden warten muss. Und vielleicht bin ich auch ein bisschen überarbeitet.«

Wieso warten müssen?, wollte Julie erwidern. Montag waren sie doch gar nicht verabredet gewesen. Aber sie verkniff sich die Frage. Frédéric hatte einen versöhnlichen Ton angestimmt, und sie wollte einem friedlichen Zusammentreffen nicht im Wege stehen.

Sie blickte auf ihre Armbanduhr. »Okay, ein halbes Stündchen für einen Kaffee ist drin.«

»Gut«, sagte Frédéric, legte den Arm um sie und schob sie mit sanftem Druck Richtung Aufzug.

Die bisher so vertraute Berührung schien ihr heute fehl am Platz. Schließlich waren sie an dem Abend im Streit auseinandergegangen. Woher nahm Frédéric die Selbstverständlichkeit dieser Geste, die Zusammengehörigkeit ausdrückte? Im Aufzug löste sie die Umarmung unter dem stillen Vorwand, den Knopf für die oberste Etage zu drücken.

In der Cafeteria waren sie fast allein in dem großen Raum. Die Frühstücksgäste waren wieder an der Arbeit, und der Zustrom zum Mittagessen hatte noch nicht eingesetzt. Die weißen Tische blitzten vor Sauberkeit. Die Chrombeine der Möbel blinkten in der Sonne. Julie verspürte den Wunsch, sich hinter einer dunklen Sonnenbrille zu verstecken.

»Setz dich schon mal. Ich hol uns Kaffee«, sagte Frédéric.

Julie steuerte auf einen Platz in der Ecke des Raumes zu, der entfernt von der Fensterfront war, sodass wenigstens Schatten auf der Tischplatte lag.

»Und?«, fragte Frédéric erwartungsvoll, nachdem er die Tassen vor ihr abgestellt hatte. »Was macht dein Leben?«

»Erzähl du doch erst mal«, sagte Julie, »schließlich machst du gerade die internationale Karriere.« Und damit es auf keinen Fall wie ein Vorwurf klingen sollte, fügte sie noch hinzu: »Da passiert doch gerade sehr viel bei euch, das ist doch sicher spannend.«

»Ja«, sagte Frédéric. Er war guter Stimmung. »Das ist schon großartig zu sehen, wie sich die Standards bald weltweit immer mehr angleichen. Bald wird das Vorgehen der digitalen Diagnostik in die Codes der ICD aufgenommen.«

Der International Code of Diseases, dachte Julie. Wer daran arbeitete, konnte wirklich an den Stellschrauben drehen.

Frédéric geriet in Fahrt.

»Bald können die Patienten zuhause am Smartphone eine Diagnostik durchführen. Oder im Dschungel oder wo auch immer, ganz ohne einen Arzt. Stell dir vor, wie viele Ressourcen wir einsparen können.«

»Hm«, sagte Julie.

Sie musste an Esme denken, wie sie blutüberströmt in dem Hinterhof gelegen hatte. Wenn Fréijart nicht beherzt eingegriffen und ihr geholfen hätte, was hätte ihr eine digitale Diagnostik genützt?

»Das ist bestimmt großartig«, sagte Julie, »aber mehr und mehr frage ich mich, wem die neue Technologie helfen wird. Wenn ich an die Arbeit in den Krisengebieten dieser Erde denke. Was nützt es den hungernden Kindern, den verletzten Kämpfern oder Zivilisten, wenn sie den ICD-Code wissen, aber keiner kommt, um sie zu behandeln?«

»Das ist jetzt wirklich nicht unser Problem, Julie. Wir müssen die Innovation vorantreiben. Wir sind doch nicht für alles verantwortlich, was auf dieser Welt geschieht.«

Julie atmete tief durch. »Nein, für alles nicht. Aber haben wir nicht einen Eid geschworen, den Menschen zu helfen? Allen Menschen?«

»Du bist eine hoffnungslose Idealistin. Wie soll das funktionieren? Denk doch mal nach. Viele Länder sind doch selbst schuld an ihrer Misere. Die Regierungen stecken das Geld, das sie aus internationalen Hilfsfonds bekommen, in den Reichtum ihrer Familien, anstatt die Mittel im Gesundheits- oder im Bildungssystem aufzustocken. Und das wird noch lange so bleiben. Da ist nichts zu ändern.«

»Das meinst du«, sagte Julie.

»Das meine ich nicht. Das sind Fakten, die jeder klar denkende Mensch nachlesen kann.«

Julie schwieg. Sie blickte aus dem Fenster. Die Blätter der Bäume auf dem gegenüberliegenden Hügel hatten begonnen, sich zu verfärben. Der Herbst nahte.

Dass Frédéric so oft vorgab, die Wahrheit besser zu kennen, ärgerte sie. So schnell wollte sie sich nicht geschlagen geben.

»Außerdem«, fuhr sie fort, »ist die digitale Diagnostik immer noch nicht ausgereift genug. In unserer Untersuchung werden wir belegen, dass es zu viele Fehldiagnosen gibt. Das System ist noch nicht einsatzfähig.«

Frédéric lehnte sich zurück. »Was deine Untersuchungskommission anbelangt, ... eigentlich dürfte ich dir das ja gar nicht sagen.« Er machte eine Pause.

Julie öffnete ihre Augen weit. »Sag schon.«

»Na ja, die wird es nicht mehr lange geben.«

»Wieso?«, fragte Julie, und plötzlich hatte der Kaffee auf ihrer Zunge einen metallischen Beigeschmack.

»Erstens hat Edouard gestern durchblicken lassen, dass er die Technik auch trotz der Irrläufer implementieren wird. Der Druck der Konkurrenz ist schlicht zu groß. Und zweitens«, und jetzt zielte er mit seinem Kaffeelöffel genau auf Julie, »wird es deinen Robert bald nicht mehr geben.«

Julie setzte ihre Tasse unsanft auf dem Tisch ab. »Was ist mit Robert?«

»Es wird ein Verfahren gegen ihn geben. Wenn er heute zur Arbeit gekommen wäre, wäre er den Polizeibeamten direkt in die Arme gelaufen. Aber er hat wohl einen Tag Urlaub genommen und ist nicht auffindbar. Oder weißt du, wo er ist?«

»Wieso ich?«

»Na, offensichtlich seid ihr euch ja auch privat nähergekommen.«

Frédéric verengte seine Augen, und Julie spürte, wie allmählich Wut aus ihrer Magengrube aufstieg.

»Jetzt mach mal einen Punkt, Frédéric. Robert ist ein Kollege, und ich habe keine Ahnung, was er in seinem Urlaub macht. Was wird ihm überhaupt vorgeworfen?«

Sie nahm den letzten Schluck des Kaffees, um das Zittern in ihrer Stimme hinunterzuspülen.

»Jemand hat gesehen, wie er eine Gefangene aus dem Krankenhaus befreit hat.«

»Eine Gefangene? Seit wann gibt es im Krankenhaus Gefangene?«

»Reg dich ab, Julie. Okay, es war wohl eine Migrantin, die unter Polizeiaufsicht stand. Er sollte sie behandeln, und plötzlich war sie verschwunden. Und jetzt gibt es einen Zeugen, der gesehen hat, wie er das Mädchen zu einem Auto gebracht hat. Wer weiß, vielleicht ist dein Robert ja auch ein Kindesentführer.«

»Fréd«, und ihre Stimme wurde jetzt schneidend, »zum letzten Mal, es ist nicht ›mein‹ Robert.«

Frédéric schüttelte den Kopf. »Julie, hast du davon was gewusst? Oder gibt es sonst irgendwas, was du mir sagen solltest?«

»Natürlich nicht«, antwortete Julie und war selbst erstaunt über die Schnelligkeit, mit der sie die Antwort auf den Tisch legte. »Ich muss jetzt los«, sagte sie und schob ihren Stuhl mit einem Ruck zurück. »Edouard möchte den Bericht so bald wie möglich. Gerade wollte ich um einen Aufschub bitten. Aber das ist vielleicht keine gute Idee mehr, wenn er das Verfahren jetzt sowieso beschleunigen möchte.«

»Mach das«, sagte Frédéric. »Ich muss auch zurück auf die Station. Sehen wir uns die Tage? Ich finde, wir sollten mal wieder was zu zweit unternehmen. Wir könnten ins *Poloff* gehen. Das haben wir lange nicht mehr gemacht.«

»Ich ruf dich an«, sagte Julie, warf ihm ein kurzes Lächeln zu und ging zum Treppenhaus.

Luft. Sie brauchte Luft zum Atmen. Sie rannte die Stufen nach unten, und als sie das Gebäude verlassen hatte, wählte sie die Nummer von Robert.

Sein Handy war abgeschaltet.

Jérôme

Jérôme stand mit dem Rücken zur Markthalle. Seine Hände schmerzten. Er hatte sie nicht gezählt, die Kisten mit Obst und Gemüse, die er am Morgen von den Stapeln genommen und zu den einzelnen Ständen getragen hatte. Unzählige. Es mussten Hunderte gewesen sein. Und dabei hatte er heute keine Handschuhe getragen. Antoine, der Vorarbeiter, hatte ihn nur vorwurfsvoll gerügt.

»Hey, ich habe dir erst letzte Woche ein paar Neue ausgegeben. Wenn sie schon wieder weg sind, kauf dir selber welche.«

Jérôme blickte in seine Handflächen. Die roten Streifen an den Innenseiten seiner Gelenke zeigten, dass er es dann auch ohne Handschuhe geschafft hatte. Einige Holzspäne steckten in der Hornhaut, und er fluchte leise, als er sah, wie einzelne Stellen begannen, sich zu entzünden. Es wäre besser gewesen, die paar Euro für Handschuhe auszugeben. Aber jetzt, seit Esme da war, hatte er noch dringender den Wunsch, Geld aufzutreiben. So viel Geld wie möglich. Sie würden es brauchen. Er wusste noch nicht genau wofür. Noch existierte kein Plan. Aber ohne Geld taugte der beste Plan nichts. Er schaltete sein Handy ein und blickte zum x-ten Mal auf das Foto, das Sahid ihm widerstrebend geschickt hatte.

»Zeig es nicht herum«, hatte er geschrieben. »Du könntest Milena in Schwierigkeiten bringen.«

»Klar«, hatte Jérôme geantwortet. »Danke, ich melde mich wieder.«

Sahid. Was für ein Feigling. Sitzt die ganze Zeit in der Wohnung, isst eine Pizza nach der anderen, statt nach Milena zu suchen. Kein Wunder, dass sie nicht zu ihm zurückkommt.

Er drehte sich eine Zigarette. Seine Finger zitterten. Tabakkrümel fielen zu Boden, und wieder fluchte er. Heute wäre es wirklich besser gewesen, eine Zigarette zu schnorren. Mit diesen Händen war erst mal gar nichts mehr anzufangen.

Am Nachmittag würde er Esme besuchen. Der alte Fréijart war in Ordnung. Er hatte ihm gestern mit der Hand auf die Schulter geklopft.

»Komm vorbei, wenn du Zeit hast«, hatte er gesagt. »Esme wird sich freuen.«

Und er hatte die beiden in Ruhe gelassen. Auch seine Frau war okay. Kein Gejammer, keine großen Reden. Ein paar freundliche Worte, und weg war sie gewesen. Das ließ sich aushalten.

Jérôme nahm einen Zug und inhalierte tief. Dann warf er den Stummel zu Boden und kickte etwas von dem Kies darauf. Bevor er sich auf den Weg machte, hatte er noch etwas zu tun. Er würde Milena suchen. »Tut mir leid, Sahid«, murmelte er und rief das Bild von Milena auf das Display.

Am Kaffeeausschank in der Markthalle angekommen, sprach er zuerst die Frau an der Theke an, die er als Milenas Chefin identifizierte.

Diese warf nur einen kurzen Blick auf das Bild. »Das möchte ich selber gerne wissen«, antwortete sie. »Sie ist plötzlich nicht mehr aufgetaucht. Und mal ehrlich, selbst wenn ich wüsste, wo sie ist, würde ich es dir nicht sagen. Da könnte ja jeder kommen. Was willst du eigentlich von ihr? «

Jérôme nickte nur kurz. »Merci, Madame.«

Auch bei den umliegenden Ständen hatte er keinen Erfolg.

Schließlich gelangte er zur Warenanlieferung. Die Fahrer hatten eine kurze Pause, bevor sie sich auf den Rückweg zu den Produzenten machten. Sie standen in Gruppen zusammen, rauchend, scherzend. Jérôme konnte ihre Sprachen nicht identifizieren. Er nahm seinen Mut zusammen und steuerte mit Milenas Bild auf dem Display auf die erste Gruppe zu.

»Hey, die kenn ich«, sagte ein junger Fahrer. »Die hab ich ein Stück mitgenommen.«

Die anderen grinsten.

»Nicht was ihr denkt«, protestierte er. »Richtung Norden.«

»Wohin?«, fragte Jérôme.

»Tja, sie ist abgehauen. Gleich hinter Vernon. Da war sie plötzlich weg.«

»Was haben Sie mit Milena gemacht?«, platzte Jérôme heraus.

»Jetzt mal halblang, Kleiner. Ich hab gar nichts mit ihr gemacht. Ich war so nett und hab sie mitgenommen. Sie wollte ja unbedingt wegfahren. Außerdem ist sie erwachsen und kann ja machen, was sie will.«

Jérôme verstummte. Er starrte auf das Foto von Milena, wie wenn er sie dadurch zum Sprechen bringen könnte.

»Wann war das?«, fragte er in die Gruppe, und als er keine Antwort erhielt, weil die Männer ihr Gespräch wiederaufgenommen hatten, wiederholte er seine Frage noch mal lauter.

»Jetzt geh uns nicht auf die Eier. Spielst du hier den Kommissar, oder was?«, sagte einer von ihnen. »Wann haben Sie das Opfer zum letzten Mal lebend gesehen?«, parodierte er, und die Gruppe gröhlte.

Der Fahrer, der Milena mitgenommen hatte, nahm ihn ein Stück beiseite. »Sag mal, was ist eigentlich los mit dieser Milena?«

Jérôme spürte, wie ihn der Drang, einfach loszuheulen, überfiel. Er schluckte. »Sie ist die Schwester meiner Freundin. Sie ist verschwunden.«

Der Fahrer schüttelte den Kopf. »Mist. Sie kam mir gleich irgendwie merkwürdig vor. Aber eines weiß ich. Sie wollte wirklich weg von hier. Wenn sie nicht was von Urlaub erzählt hätte, hätte ich gedacht, sie ist vor irgendwas auf der Flucht. Die wird schon wieder auftauchen«, setzte er hinzu, als er bemerkte, dass Jérômes Augen verdächtig glitzerten. »Die ist erwachsen. Die kann sich durchschlagen.«

»Hoffentlich«, sagte Jérôme und wiederholte: »Wann war das?«

»Das muss vor zwei oder drei Wochen gewesen sein. Danach hatte ich eine Woche Urlaub.«

»Danke«, sagte Jérôme. Er steckte sein Handy in die Hosentasche und ging durch die Markthalle zum Ausgang.

Viel war das nicht. Aber immerhin ein Lebenszeichen. Jedenfalls war sie nicht den Dealern in die Hände gefallen und hatte auf eigene Faust Paris verlassen. Norden, Vernon, die Normandie, war das Zufall? Oder wollte sie bis zur Fähre und dann nach England? War sie vielleicht schon dort? Sahid würde er vorerst nichts erzählen. Der würde nur einen Anfall kriegen, weil er Milenas Bild rumgezeigt hatte. Was Esme wohl dazu sagen wird. Jérôme seufzte.

Esme

Esme ging ins Badezimmer. Sie verriegelte die Tür und zog sich langsam aus. Sie spürte den Puls in ihrer linken Hand und zuckte zusammen, als das T-Shirt am Verband hängen blieb. Schmerz. Sie genoss, wie er langsam nachließ. Sie wartete auf die nächste Welle, doch die blieb aus.

Sie betrachtete sich im Spiegel, das eckige Kinn, die schmalen Schultern, die kleinen Brüste, ihr flacher Bauch, die Schamhaare. Sie hatte sich nicht überwinden können, sie abzurasieren, obwohl sie wusste, dass das mittlerweile angesagt war. Solche Trends erreichten sogar bosnische Dörfer. Aber sie wollte sich nicht stylen, schon gar nicht da.

Je unattraktiver, desto besser. Ihre Beine waren muskulös. Der einzige Bereich ihres Körpers, mit dem sie zufrieden war. Sie konnte rennen. Sie konnte gut und schnell und lange rennen. Und das war auch notwendig gewesen, wenn die Arbeiter, die ihr Vater oft mitgebracht hatte, ihr hinter dem Haus oder in der Scheune aufgelauert hatten. Sie hätte es nicht mit einem von ihnen aufnehmen können. Aber rennen konnte keiner so schnell wie sie.

Bis auf einmal, als sie über eine liegengebliebene Harke gestolpert war. Da war es dann doch passiert. Der Schmerz war in Wellen gekommen, und es hatte Wochen gedauert, bis er wieder abgeebbt war.

Esme hatte mit niemandem darüber gesprochen, aber Milena hatte es doch herausbekommen und vor Wut getobt. Sie hatte den Arbeitern etwas von dem Rattengift ins Essen gemischt. Aber es war wohl nicht genug gewesen. Keiner von ihnen war ernsthaft krank geworden.

Esme konnte sich Zeit lassen. Maria war arbeiten gegangen, und Fréijart hatte vor einer Viertelstunde bei ihr angeklopft, um zu sagen, dass er noch mal los müsse, was erledigen, und dass er erst in ein oder zwei Stunden wieder da wäre.

Sie ließ Wasser ins Waschbecken laufen. Wie sauber hier alles war. Sie nahm den Waschlappen in die Hand, den Maria ihr aufs Bett gelegt hatte, neben die Handtücher, die mit Blumenmustern bestickt waren. Selbst der Waschlappen trug eine kleine Rose mit satten, regelmäßigen Stichen. Esme fuhr mit dem Finger darüber. Wer wohl die ganze Wäsche bestickt hatte? Maria? Oder ihre Mutter?

Esme stellte sich Maria vor, wie sie sich mit ihrem dunklen Zopf ernsthaft über einen Berg weißer Wäsche beugte und eine Blume nach der anderen stickte in Erwartung einer fernen Hochzeit.

Sie tauchte den Waschlappen langsam in das lauwarme Wasser und fühlte, wie die bunten Fäden aufquollen und samtiger wurden.

Eine Aussteuer. Auch Milena hatte gespart, aber nicht, um eine Aussteuer zusammenzutragen. Sie hatte andere Pläne, eine Ausbildung machen, reisen. »Ich werde bestimmt nicht die Putzfrau von irgend so einem Holzkopf«, hatte sie oft gesagt. Und dann hatte sie sich doch verliebt. In Sahid. Der ihr die Welt zu Füßen legen wollte. Und es dann nicht mal geschafft hatte, sie zu beschützen.

Langsam begann sie, sich zu waschen.

Fréijart beeilte sich. Er wollte wieder zuhause sein, bevor Maria zurückkäme, und überhaupt, er wusste gar nicht genau, warum er sich auf den Weg gemacht hatte. War es nicht eine irrwitzige Idee?

Selbst wenn es wirklich Rosalie wäre, die er damals so verzweifelt gesucht hatte. Würde er sie überhaupt wiedererkennen? Und sie ihn? Dr. Djann hatte gesagt, ihre Mutter leide unter Demenz. Vielleicht war sie völlig verwirrt, und er würde sie nur unnötig beunruhigen.

Dennoch ging er weiter. Jetzt unverrichteter Dinge wieder umzukehren, machte genauso wenig Sinn.

Er fühlte nach der Papiertüte, die in seiner Jackentasche steckte und auf der sich bereits kleine Fettflecke gebildet hatten. Sie würden zerkrümeln, wenn er sie weiterhin so fest im Griff hielte.

Er öffnete die schwere Glastür am Eingang der Résidence und betrat den Vorraum. Keiner hielt ihn auf. Die Rezeption hinter der hohen Theke war nicht besetzt. Hinter ihm fiel die Tür mit einem Klacken ins Schloss, und er bemerkte ein kleines Schild: ›Besucher werden gebeten, die Türe mit dem Code 7224f zu öffnen. Vielen Dank.‹

»Hier kommen Bewohner alleine nicht wieder raus«, dachte Fréijart, und es kostete ihn Überwindung, weiter ins Innere des Gebäudes zu dringen, zumal er niemanden sah, den er nach Madame Djann hätte fragen können.

Er bog nach links ab, ging durch die Halle, folgte dem Lichteinfall. Und dann sah er sie. Durch das Fenster der Halle konnte er sie auf einer der Parkbänke sitzen sehen. Bevor er noch ihr Gesicht erkannte, war ihm ihre Körperhaltung aufgefallen. Die schmalen Schultern, die sie leicht hochzog.

Ihr dunkelbraunes Haar war mit grauen Strähnen durchzogen. Sie trug es zu einem Knoten am Hinterkopf aufgesteckt. Eine Haarsträhne hatte sich daraus gelöst, und Fréijart musste an die raschen Bewegungen denken, mit denen sie damals ihr langes Haar zu einem Zopf geflochten hatte. Fréijart atmete tief aus bei dem Gedanken, wie er in jener Nacht wieder und wieder die dunklen Haarsträhnen um seinen Zeigefinger gewickelt und sie damit zum Lachen gebracht hatte.

»Rosalie«, sagte er.

In dem Moment stand Rosalie von der Bank auf und folgte einer Taube, die vor ihr den Weg entlanghüpfte. »Warte«, rief sie und machte ein paar schnelle Schritte. Die Taube flog auf, und sie sah ihr nach.

Dann drehte sie sich plötzlich um und sah zu dem Fenster hinüber, hinter dem Fréijart stand. Er wusste nicht, ob sie ihn sehen konnte, aber er trat unwillkürlich einen Schritt zurück. In dem blauen Kleid wirkte sie keineswegs wie eine alte Frau.

»Aber schließlich bin ich jetzt ein alter Mann«, dachte Fréijart.

Wie lange lag ihre Begegnung zurück? Über dreißig Jahre. Sie sah schön aus. Immer noch. Ihre großen, dunklen Augen blickten wach. Sie schien etwas in der Ferne zu sehen. Plötzlich blickte sie sich hilfesuchend um, wie wenn sie in dem kleinen Park die Orientierung verloren hätte. Sie drehte sich um ihre eigene Achse und steuerte dann auf die Eingangstüre der Halle zu.

Fréijart blieb stehen. Gebannt. Er wusste, dass er die Begegnung genauso sehr herbeisehnte wie fürchtete.

Sie betrat schnellen Schrittes die Halle.

»Rosalie.«

Sie blieb stehen.

»Rosalie.« Fréijart räusperte sich.

»Ja, die wohnt hier.« Rosalie betrachtete ihn aufmerksam.

»Ist sie da?«

»Ich weiß es nicht.« Rosalie blickte vor sich auf ihre Fußspitzen.

»Können Sie ihr etwas ausrichten von mir?«

»Ja.«

»Das habe ich ihr mitgebracht«, sagte Fréijart und reichte ihr die Tüte mit den Keksen.

»Ein Geschenk?«

»Nur eine Kleinigkeit«, sagte Fréijart. »Ich glaube, sie mag Kardamomplätzchen.«

»Kardamom«, sagte Rosalie, und ihre Finger drückten sich fest auf das braune Papier.

»Sagen Sie ihr bitte schöne Grüße«, sagte Fréijart.

»Schöne Grüße«, sagte Rosalie und ging mit langsamen Schritten weiter.

Fréijart blieb stehen und schaute ihr nach, bis ihr blaues Kleid um die Ecke bog.

»Rosalie«, wiederholte er.

»Suchen Sie jemanden?« Eine Pflegerin stand plötzlich an seiner Seite. Er hatte sie nicht kommen gehört.

»Ja«, sagte Fréijart, »aber sie ist verschwunden.«

Die Pflegerin blickte ihn fragend an.

»Schon gut«, sagte Fréijart. »Auf Wiedersehen.« Er fuhr sich mit der Hand über das Gesicht. Der leise Geruch von Kardamom zog sich wie ein tröstlicher Schleier über seine Haut.

Julie

Die Klimaanlage surrte. Julie fröstelte. Warum die Räume so stark heruntergekühlt wurden, war ihr ein Rätsel. Draußen waren am Nachmittag angenehme spätsommerliche Temperaturen. Hier in dem kleinen Büro waren es höchstens 18 Grad, und ein steter Luftzug strich an ihrem Nacken entlang. Sie nahm das Tuch, das über ihrer Stuhllehne hing, und wickelte es sich mehrmals um den Hals. Sie hatte viel zu tun. Sie konnte sich keine Erkältung leisten. Lustlos starrte sie auf den angefangenen Bericht.

Sie hatte damit begonnen, Daten zu löschen, Namen verschwinden zu lassen.

»Was mache ich hier eigentlich?«, sagte sie in die Stille des Raumes. Sie halfen Menschen, die in Not waren. Soweit so gut. Aber warum musste das im Verborgenen geschehen? Wie hatte es so weit kommen können, dass in einem Land, in dem die Mittel prinzipiell zur Verfügung standen, Ärzte quasi in den Untergrund gehen mussten, um ihrem Auftrag nachzukommen? Wir leben nicht in einer Diktatur oder einem Unrechtsregime. Wie hatte ein gesellschaftlicher Konsens darüber entstehen können, dass manche Menschen eine Behandlung verdienten und andere nicht?

Wie oft war ihre Mutter verzweifelt gewesen, weil nicht genügend Medikamente oder Instrumente vor Ort waren, mit denen sie den kranken Menschen hätte helfen können. Die Armut in manchen Gegenden der Welt war unbeschreiblich und verlangte den Ärzten ein größtmögliches Improvisationstalent ab, um dennoch arbeiten zu können.

Doch hier waren die Ressourcen vorhanden. Wer maßte sich an, die Tickets für eine menschenwürdige Behandlung zu verteilen?

»Wir können nicht allen Menschen helfen«, klang ihr der Satz Frédérics im Ohr. War dieses Statement zu einer allgemeingültigen Ausrede geworden, damit man es auch gar nicht mehr versuchen musste? Das Elend der Welt, dachte sie. Es hatte sie eingeholt. Hier in Paris.

Was hinderte die OJN daran, in die Öffentlichkeit zu gehen, der rigiden Praxis den Kampf anzusagen? In anderen Bereichen machten sie viel mehr von sich reden. Die Besetzung von Gebäuden zum Beispiel fand unter großer medialer Aufmerksamkeit statt. ›Wohnrecht als Menschenrecht‹ war der Slogan.

Wie wäre es mit ›Gesundheitsversorgung als Menschenrecht‹?

Wir sind eines der reichsten Länder der Welt, dennoch würden wir lieber ein Krankenhausbett leerstehen lassen, als einen Patienten aufzunehmen, der durch Armut oder Migration keinen Versicherungsanspruch hat, dachte Julie. Gut, Menschen die nachgewiesenermaßen aus Kriegsgebieten geflohen sind, konnten auf eine Versorgung hoffen. Aber wie sah es mit den anderen aus, deren Lebensgrundlage zerstört wurde? Julie dachte an die vielen Fälle, bei denen durch expansive Eingriffe von Konzernen Lebensgrundlagen wie sauberes Trinkwasser systematisch zerstört wurden. Warum war der Aufschrei der Welt nicht größer?

Austauschbar und vielfältig waren die Pressemeldungen über Umweltzerstörungen, Kriege und Fluchtbewegungen geworden. Überall kämpften die Privilegierten gegen die Wellen des Widerstands, die in den Regionen der Armut und des Elends aufkamen. Was wir machen, ist Flickwerk, dachte Julie. Hier mal einen Geflüchteten operieren, da mal einen Menschen, der aus der Sozialversicherung gefallen ist, gratis behandeln. Und am Ende sind wir die Gejagten, so wie jetzt Robert. Wenn es den Zeugen, von dem Frédéric gesprochen hat, wirklich gäbe, würde Robert sich vor Gericht verantworten müssen. Und wenn die Staatsanwaltschaft gründlich ermittelte, würden nicht nur die Details um Esme ans Licht kommen, sondern auch die ganzen Aktivitäten der OJN im Krankenhaus. Engagierte Ärzte würden diskreditiert und nach geltendem Recht verurteilt werden. Und natürlich auch sie selbst. Anklage? Menschlichkeit und Hilfsbereitschaft in vielen Fällen.

Sie waren zwischen die Fronten geraten.

Julie klappte ihren PC zu. »So geht das nicht«, sagte sie laut. Sie blickte auf ihren Bericht. Wem war damit gedient, ein paar einzelne Menschen aus der Statistik verschwinden zu lassen?

Sie nahm ihr Handy in die Hand und rief die Nummer von Robert auf. ›So können wir nicht weitermachen‹, schrieb sie. ›Wir müssen in die Offensive gehen.‹

Nachdem Julie die Klinik verlassen hatte, beschloss sie, zu Fuß nach Hause zu gehen. Ein herbstlicher Wind hatte eingesetzt, und gierig atmete sie die frische Luft ein.

Gruppen von Menschen zogen lachend und plaudernd an ihr vorbei. Zwei Freundinnen gingen untergehakt, in ein inniges Gespräch vertieft. Sie spürte, wie sie die beiden beneidete. Seit Yvette mit ihrem Mann in den Süden gezogen war, hatte sie keine intensiven Freundschaften mehr gepflegt. Und auch die losen Kontakte mit den Kolleginnen auf der Station waren seltener geworden, seit Julie in die Forschungsabteilung gewechselt war. Sicher, es gab Frédéric. Aber wann hatten sie zum letzten Mal eine innige Verbundenheit gespürt? Das musste lange her sein.

Sie überholte ein kleines Mädchen, das eifrig Blätter vom Boden aufsammelte. Die ersten Anzeichen des Herbstes. Bald würde Paris in die dunkle Jahreszeit gleiten, geschmückt mit Lichtern auf Weihnachten zueilen, um dann im Januar in kaltem Grau zu erstarren.

Julie beschleunigte ihren Schritt. Sie war am Rand des 19. Arrondissements angekommen. Sie unterquerte die vielspurige Périphérique und erreichte die Avenue Jean-Lolive. Als sie vor den hellen Glastüren des Supermarktes stand, zögerte sie. Dann ging sie weiter. Die blitzenden Regale, die große Auswahl des immer Gleichen bereitete ihr ein beinahe körperliches Unbehagen. Sie würde bei Ibram finden, was sie brauchte. Einige Straßen weiter betrat sie seinen Laden. Sie lud Auberginen, Zwiebeln, Reis und Rosinen in ihrem Korb und ging zur Kasse. Auf Ibrams Schoß saß ein kleiner Junge, der fröhlich auf die Tasten tippte.

»Bonsoir Monsieur.«

»Bonsoir Madame.«

»Ist das Ihr Enkel?«

»Ja«, strahlte Ibram. »Das ist Belal, der Sohn meiner Tochter.«

Julie nickte.

Der kleine hörte nicht auf, die Tasten zu bearbeiten.

»Bestimmt will er auch mal Kaufmann werden.«

»Mal sehen.« Ibram hob seine Schultern an. »Meine Tochter studiert Jura. Vielleicht wird er auch Anwalt .«

Er redete mit zärtlichen Worten auf den kleinen Jungen ein, der einen Kugelschreiber ergriffen hatte und damit vehement auf den Tresen trommelte.

Schließlich schmiegte sich Belal an seinen Großvater, während dieser damit begann, Julies Einkäufe abzurechnen. Etwas entspannte sich in Julie, als sie die beiden so sitzen sah. Sie war die einzige Kundin im Laden, und am liebsten hätte sie sich einfach dazugesetzt, neben die Regale. Hätte dem Kleinen beim Spielen zugesehen und die Krisen der Welt für einen Moment vergessen.

Sie schreckte auf, als die Kasse aufsprang. Ibram nannte den Preis, und sie bezahlte.

Mit ausgestrecktem Arm hielt Belal ihr einen Aufkleber entgegen. Die Ausbeute einer Schokoladenverpackung.

»Er will Ihnen was schenken.«

»Mir?« Julie blickte Ibram verwundert an.

»Ja. Ihnen.«

»Danke«, sagte Julie. Sie nahm das glitzernde Quadrat entgegen und steckte es in die Tüte zu den Auberginen. »Vielen Dank«, wiederholte sie und ging zur Tür.

»Ich danke«, sagte Ibram und strich Belal übers Haar.

Julie leckte sich die Finger einzeln ab. Sie liebte es, übrig gebliebene Reiskörner mit den Fingern in die Soße zu stippen und sie dann, wenn sie an der Fingerkuppe kleben blieben, mit den Lippen einzusammeln.

Das Essen hatte seinen Zweck erfüllt. Substanz. Substanz wandelt sich in Energie. Sie lehnte sich entspannt zurück, als das Telefon klingelte. Robert, dachte sie. Obwohl er eigentlich noch nie angerufen hatte, sondern gewöhnlich schrieb. Eine unbekannte Nummer leuchtete auf dem Handy.

»Hallo?«

»Hallo Julie. Hier ist Paul.«

»Paul?«, fragte sie, um Zeit zu gewinnen.

»Ja, Paul. Ähm, geht's dir gut?«, fragte er.

Es dauerte einen Moment, bis Julie ihren Onkel erkannte.

»Ja, alles gut. Und bei euch?«

Er machte eine Pause.

Julie spürte, wie sich ihre Bauchdecke anspannte, bereit, den längst fälligen Schlag abzufangen. Schließlich war Thérèse, ihre Tante, fast zehn Jahre älter als Rosalie. Der plötzliche Anruf konnte nichts Gutes bedeuten.

»Thérèse ist gestürzt«, sagte er. »Sie hat sich den Knöchel gebrochen.«

Julie atmete auf. »Oh. Wie ist das denn passiert?« Sie versuchte, nicht zu viel Erleichterung in ihre Stimme zu legen.

»Julie, du weißt ja, Thérèse ist sehr unvernünftig. Sie hat sich in den Kopf gesetzt, die jungen Katzen zu suchen. Den

Herbstwurf von Arlette, der Gestreiften. Sie hat schon den ganzen Hof und die Scheune abgesucht, dann hat sie das Maunzen vom Heuschober oben gehört.«

Julie hörte seinen Atem. Offensichtlich fiel ihm das Sprechen schwer.

»Ich habe ihr natürlich gesagt, sie soll nicht auf die Leiter steigen. Sie ist jetzt fast achtzig. Aber du kennst ja Thérèse.«

Julie nickte. Während Paul weitererzählte, stellte sich Julie die beiden vor, wie sie zusammen in der Scheune standen. Diskutierten. Paul, der immer der Ruhigere, Schweigsamere von beiden war.

»Julie, ich hab es ihr verboten. Da ist sie erst recht wütend geworden und die Leiter raufgestiegen. Die alte, aus Holz, die wir noch von deinem Großvater haben.«

»Mach dir keine Vorwürfe«, sagte Julie. »Thérèse kann keiner aufhalten. Schon gar nicht, wenn es um Tiere geht. So ist sie eben.«

Die Krähe, die jungen Katzen, die Kühe im Stall, sie alle waren im Laufe der Zeit zu Thérèses Familie geworden. Sie, die keine Kinder haben konnte, hatte ihre ganze Mütterlichkeit an ihre gefiederten und vierbeinigen Schützlinge verschenkt. Ein Teil dieser Zuwendung war auch Julie zugekommen, wenn sie als Kind die Ferien dort verbracht hatte, die Sesshaftigkeit genossen hatte, die jedes Detail des Hofes ausstrahlte. Die Pflanzen wuchsen auf eigenem Boden, die Tiere fraßen davon und düngten die Erde wieder. Die schweren dunklen Möbel im Haus standen immer an derselben Stelle. Sie würden frühestens nach dem Tod von Thérèse und Paul verrückt werden.

Im Sommer lag so viel Stille über dem Hof, während das Obst an den Bäumen reifte und die Rinder den Schatten suchten.

»Julie«, nahm Paul den Faden wieder auf, »Thérèse weiß nicht, dass ich dich anrufe, das ist das Telefon von Albert. Sie denkt, wir brauchen keine Hilfe. Aber jetzt liegt sie mit ihrem

Gips auf dem Sofa und hat die Pflegerin, die jeden Morgen kommen sollte, rausgeworfen.«

»Oh weh«, seufzte Julie, die sich lebhaft vorstellen konnte, wie Thérèse versuchte, die Fäden des Geschehens in der Hand zu behalten. »Kann sie denn aufstehen?«

»Das ist es ja gerade. Die Ambulanz hat ihr zwei Krücken dagelassen, damit sie zur Toilette gehen kann. Sie will damit aber über den ganzen Hof spazieren, die Arbeit überwachen und was sonst noch alles. Wie wenn ich das nicht alleine könnte. Sie wird wieder stürzen. Sie ist so unvernünftig.«

Julie musste lächeln. Echte Sorge klang aus Pauls Stimme. In all den Jahren hatte er viele Marotten von Thérèse ertragen. Eilfertig alles im Hof installiert, was sie sich gewünscht hatte. Wie ein treues Vogelpärchen waren ihr die beiden immer vorgekommen. Paul baute und reparierte das behagliche Nest, Thérèse flatterte und zwitscherte umher und hielt mit den Nachbarn guten Kontakt. An Sonntagen und Feiertagen lud sie Besuch ein und kochte und backte für viele. Die kleinen Zeichen der Zärtlichkeit, die zwischen den beiden hin und her wanderten, nahmen auch im Alter nicht ab. Paul, der Thérèse eine Haarsträhne aus dem Gesicht strich oder ihr im Vorbeigehen den Nacken kraulte. Thérèse, die ihm die Mütze zurechtrückte oder ihn sachte am Ohrläppchen zog.

Julie spürte, wie Thérèses Verletzung genauso auch Paul in Mitleidenschaft zog.

»Ich weiß, du hast viel zu tun«, sagte Paul. »Aber wenn du vielleicht mal mit ihr reden könntest. Dass sie sich wenigstens mehr helfen lässt.«

»Hm«, sagte Julie, die jedoch befürchtete, dass Ratschläge auch von ihrer Seite bei Thérèse auf keinen fruchtbaren Boden fallen würden.

»Du bist ihre Nichte«, sagte Paul. »Vielleicht hört sie auf dich.«

»Paul, das ist lieb von dir, dass du das sagst. Ich kann es natürlich versuchen.«

Sie dachte an ihre Verpflichtungen, an den Bericht, an Robert und an ihre Idee für eine neue Strategie der OJN. Und auf der anderen Seite stand Paul, der sie in seinem ganzen Leben noch niemals um etwas gebeten hatte.

»Ich werde zu euch rausfahren«, sagte Julie. »Am Telefon hat das sowieso keinen Sinn. Ich werde mir ein paar Tage freinehmen. Sag Thérèse, dass ich etwas Urlaub habe und sie besuchen möchte.«

»Julie, das ist großartig. Meine Kleine, wir freuen uns, wenn du hier bist.«

»Ich mich auch«, sagte Julie. »Bis bald!«

»Bis ganz bald, Julie. Und fahr vorsichtig.«

Julie schaltete in den fünften Gang. Wie gut, dass Frédéric seinen alten Renault nicht verschrottet hatte. Seit er sich den neuen Wagen gekauft hatte, hing der Schlüssel an Julies Schlüsselbrett. So hatte sie den Wagen für die Reise nehmen können, ohne ihn zu fragen.

Die Reise, dachte Julie. Bisher hatte sie die Fahrt zu ihrer Tante nie Reise genannt. Es war eine Fahrt von zwei Stunden. Durch den Plan, Esme mitzunehmen, wurde es zu einem Aufbruch ins Ungewisse. Und zumindest für Esme würde sich eine lange Reise fortsetzen.

Im Rückspiegel konnte sie sehen, dass Esme eingeschlafen war, zumindest hielt sie die Augen geschlossen. Ihr Mund war leicht geöffnet, und ihr ganzer Ausdruck erhielt dadurch etwas Kindliches.

Regen setzte ein. Julie betätigte den Scheibenwischer. Das gleichmäßige Hin und Her beruhigte sie. Was für ein Luxus, im Trockenen, Warmen durch die Gegend zu fahren. Die Dämmerung würde erst in einigen Stunden einsetzen. Die Scheinwerfer entgegenkommender Autos blendeten sie und brachten die auf der Frontscheibe zerplatzenden Tropfen zum Funkeln, bis diese weggeschoben wurden und neue Muster entstanden.

Obwohl es auf Mitternacht zuging, war sie hellwach. Gegen Abend war sie bei Fréijart angekommen, um Esme abzuholen. Und plötzlich war Robert aufgetaucht.

»Julie.«

Es hatte fast wie ein Ausruf geklungen, obwohl er direkt vor ihr stand.

»Robert, wo warst du? Warum hast du dich nicht bei mir gemeldet?«

»Es tut mir leid, Julie, es ging nicht. Wir können jetzt reden.«

»Jetzt ist es zu spät. Ich bin hier, um Esme abzuholen. Ich nehme sie mit in die Normandie zu meiner Tante. Wir müssen gleich los.«

Robert nickte. »Ich weiß, Fréijart hat mich angerufen. Deshalb bin ich hier. Ich wollte dich unbedingt noch sprechen, bevor ich abreise. Bevor wir beide abreisen«, fügte er hinzu.

»Was gibt es jetzt noch zu besprechen?«, fragte Julie. »Du hast deine Entscheidung getroffen. Ich werde mich um Esme kümmern.«

»Ich bitte dich, Julie. Nimm dir noch etwas Zeit.«

Julies Blick wanderte unschlüssig zwischen Robert und Fréijart.

»Wir können in der Wohnung eines Freundes reden. Ich bin dort untergebracht. Es ist nicht weit.«

»Okay. Wenn Sie einverstanden sind, Monsieur Fréijart, lasse ich meine Tasche so lange hier bei Ihnen.«

»Ist gut, Madame Djann.«

Sie waren zu Fuß gegangen und hatten den Weg über geschwiegen. Robert hielt vor einem der alten, mehrstöckigen Häuser der Rue Manin. Er betätigte den Türcode, und sie fuhren mit einem engen, mit Teppich ausgelegten Fahrstuhl in die dritte Etage.

»Möchtest du einen Kaffee?«, fragte er, als sie in der geräumigen Küche standen, die in ein schlicht eingerichtetes Wohnzimmer überging.

Julie nickte.

Robert schraubte den Verschluss der Cafetière ab und füllte aus der silbernen Dose gemahlenen Kaffee in das Sieb. Er goss kaltes Wasser in das Behältnis, schraubte die Cafetière wieder zu und stellte sie auf den Herd. Per Knopfdruck zischte eine kleine Flamme auf. Alles vom Feinsten, dachte Julie. Wer auch immer hier wohnte, war kein armer Mensch.

»Wie geht's dir, Julie?«, fragte Robert.

Julie zuckte mit den Schultern. »Und dir?«, fragte sie zurück.

»Ich werde Paris morgen früh verlassen.«

»Wann kommst du wieder?«

»Ich weiß es nicht.«

»Schade, Robert. Auch ich wollte noch viel mit dir besprechen, aber jetzt bleibt überhaupt keine Zeit mehr.«

»Glaub mir, ich würde am liebsten hier bleiben.«

»Warum tust du es dann nicht?«

»Julie, wenn ich jetzt nicht zu Sonja fahre, ist es vielleicht zu spät. Ich würde den Kontakt zu Jonas für immer verlieren. Und jetzt, wo sich alles zugespitzt hat, ist es höchste Zeit, Paris zu verlassen. Irgendjemand hat mich vielleicht mit Esme auf dem Hof gesehen. Wenn ich erst mal in einer polizeilichen Ermittlung stecke, kann ich die Reise vergessen.«

»Dann musst du wohl gehen.«

Die Cafetière brodelte. Robert füllte zwei Tassen mit Kaffee.

»Möchtest du dich nicht setzen?«

»Nein, ich bleibe lieber stehen«, sagte Julie.

Robert stellte eine der Tassen vor Julie auf die Anrichte. »Zucker?« Er schob ihr die Zuckerdose zu.

Julie nickte.

»Es ist schon seltsam«, sagte Robert. »Wenn Esme nicht aufgetaucht wäre, hätte ich dir nicht von der OJN erzählt. Ich hatte wirklich Angst, dass du mich verurteilen würdest. Du bist ein so gewissenhafter Mensch. Und jetzt übernimmst du nicht nur meine Arbeit, sondern bist noch viel engagierter als ich.«

»Vielleicht ist es ja genau das, was du Gewissenhaftigkeit nennst, was mich dazu bringt, bei der OJN mitzuarbeiten. Glaub mir, die ungerechte Verteilung der globalen Ressourcen im Gesundheitswesen ist mir schon lange ein Dorn im Auge. Vielleicht wusste ich nur noch nicht, wo ich anfangen kann, um etwas zu verändern.«

»Was hast du jetzt vor, Julie?«

»Es gibt einen Kreis um Aida aus der Praxis. Ich möchte nicht länger nur im Untergrund arbeiten. Einige planen, an die Öffentlichkeit zu gehen. Ich habe mit ihr gesprochen. Dafür suchen sie möglichst viele Ärzte, die bereit sind, offen über ihr Engagement in der OJN zu sprechen. Sie werden das Outing in einer Arbeitsgruppe mit Anwälten und Journalistinnen vorbereiten.«

»Hut ab«, sagte Robert .»Ihr wisst, worauf ihr euch da einlasst. Ich wünschte, ich hätte euren Mut. Ich kann gar nicht mehr sagen, wann mir das Vertrauen in unsere politischen Institutionen verloren gegangen ist.«

»Wir brauchen die Unterstützung der Öffentlichkeit, Robert. Vielleicht war es ja kein Zufall, dass du an jenem Tag deinen Computer offen stehen gelassen hast.«

»Vielleicht«, sagte Robert. »Vielleicht habe ich ja gespürt, dass es so nicht weitergehen kann.«

»Oder du hast geahnt, dass du mir vertrauen kannst?«

Robert nickte. »Ich beneide euch um eure Furchtlosigkeit.«

Julie lächelte. »Ich hab vor ganz anderen Dingen Angst.« Sie stellte ihre Kaffeetasse auf der Anrichte ab. »Es gibt viel zu tun. Was wolltest du mit mir bereden?«

Robert nahm einen Schluck von seinem Kaffee. »Julie. Wir hatten beide viel zu tun. Und jetzt werde ich abreisen müssen. Aber, wie soll ich sagen, ich spüre, dass etwas von dir ausgeht, das ich sehr vermisse in meinem Leben.«

Julie blickte ihn an. Die kleinen Fältchen um seine Augen ließen ihn plötzlich zerbrechlich wirken, und sein Blick hatte etwas Flehendes.

Sie schwiegen beide, bis Roberts Handy vibrierte, das neben der Zuckerdose auf der Anrichte lag.

»Entschuldige«, sagte Robert.

Auf dem Display erschien das Bild eines kleinen Jungen. Das Gesicht mit Schokolade verschmiert, strahlte er in die Kamera.

Robert öffnete die Nachricht und tippte eine kurze Antwort.

Julie ging einen Schritt auf ihn zu und berührte ihn sachte mit der Hand an der Schulter. »Ich muss jetzt wirklich los.«

Robert lächelte.

Sie konnte seinen Atem spüren an ihrer Wange, und ihre Körper gerieten in Bewegung, hielten erst inne, als ihre Lippen aufeinanderlagen. Wie viel Wärme ein Körper verströmen kann, dachte Julie. Langsam löste sie sich aus der Umarmung.

»Au revoir.« Sie drehte sich um und verließ die Wohnung.

Die Scheibenwischer quietschten. Der Regen hatte nachgelassen. Julie nahm die Ausfahrt. Im Mondlicht konnte sie die Umrisse der Felder ausmachen.

»Esme, wir sind bald da.« Julie reichte ihr eine Wasserflasche nach hinten. »Magst du?«

Esme schraubte bedächtig den Deckel der Plastikflasche ab und trank. Sie blickte aus dem Fenster.

»Bist du noch müde?«

Esme schüttelte den Kopf.

»Tut mir leid, dass ich dich jetzt wecken muss, aber du wirst sehen, auf dem Land geht es sehr ruhig zu. Du wirst genügend Zeit haben, den Schlaf nachzuholen.

Esme warf ihr einen ungläubigen Blick durch den Rückspiegel zu.

»Esme, wo kommst du eigentlich her? Aus einer Stadt oder vom Land?«

Esme räusperte sich. »Ein Dorf«, sagte sie. »Ich komme aus einem Dorf.«

»Aus welchem Dorf?«

»Das kennt keiner«, sagte Esme und steckte sich ihre Ohrhörer in die Ohren.

Die Landstraße war jetzt ziemlich gerade. Julie kannte jede Baumgruppe, jede Scheune am Straßenrand. Sie erinnerte sich, wie sie früher mit ihrer Mutter diesen Weg gefahren war und wie jedes Mal nach der Abfahrt von der Autobahn diese Freude in ihr eingesetzt hatte. »Jetzt machen wir die Fenster auf«, hatte Rosalie immer gesagt, und die Gerüche der Landschaft, der Felder und der Tiere waren zu ihnen hereingekommen.

Es roch nach Bauernhof.

Am schönsten war es im Spätsommer gewesen, wenn das frische Heu noch auf den Wiesen gelegen hatte.

Wie lange werde ich noch hier herfahren?, dachte Julie. Wie lange werden Paul und Thérèse noch durchhalten auf dem Hof?

Auf der nächsten Anhöhe machte die Straße eine sanfte Linkskurve, bevor wieder eine lange gerade Strecke bergab führte. In einiger Entfernung konnte Julie eine schmale Gestalt am Straßenrand ausmachen.

»Das ist keine gute Idee, hier nachts auf dem Seitenstreifen zu wandern«, murmelte sie und überholte die junge Frau in einem weiten Bogen.

»Halt an«, sagte Esme.

»Das ist ein schlechter Platz zum Halten.«

»Halt sofort an!«, schrie Esme und riss die Tür auf, sobald der Wagen zum Stehen gekommen war. Esme stürzte aus dem Auto und rannte auf die Frau zu. Im Rückspiegel konnte Julie sehen, wie sie sich in die Arme fielen.

Julie

Julie saß auf der Holzbank vor dem Haus. Die letzten Sonnenstrahlen des Spätsommers wärmten sie. Sie hatten den Kaffee draußen getrunken. Paul war als Erster wieder aufgestanden. Geschäftig lief er über den Hof, den Werkzeugkasten in der Hand. Milena und Esme waren mit Thérèse schon wieder im Haus verschwunden. Thérèse hatte gefröstelt, und die beiden hatten ihr zunächst Decken gebracht, dann aber entschieden, dass es schon zu frisch für die alte Dame wäre, und Milena hatte sie gebeten, ihr in der Küche zu helfen.

»Dann muss ich wohl rein«, hatte Thérèse geseufzt. Sie hatte mit ihrer kalten Hand Julie über die Wange gestrichen und war hinter Esme im Haus verschwunden.

Julie nahm sich noch ein Eckchen von dem Apfelkuchen, den Milena mit Thérèse und Esme gebacken hatte. Er schmeckte köstlich, und sie genoss die Vorstellung, Äpfel von dem Baum zu essen, den sie schon als kleinen Setzling gekannt hatte.

Paul kreuzte den Hof, verschwand kurz in der Scheune und kam mit Werkzeug in den Händen wieder zurück. Er winkte Julie zu, bevor er wieder in Richtung Hühnerstall verschwand. Seit Milena sich um Thérèse kümmerte, konnte er wieder unbeschwert seiner Arbeit nachgehen. Aus der Entfernung wirkte er wie ein fröhlicher, junger Mann, der in seiner Lederweste und dem dicken Pullover mit schnellen Schritten über den Hof eilte.

Thérèse hätte keine Hilfe für sich im Haus akzeptiert, aber als Julie sie gebeten hatte, die beiden für eine Weile bei sich aufzunehmen, da sie in Paris in Gefahr seien, hatte sie keinen Moment gezögert und das Gästezimmer mit dem breiten Doppelbett freigegeben.

Sicher, das konnte kein Dauerzustand sein. Aber was ist schon auf Dauer? Esme schien so erlöst, seit Milena da war. Es tat gut, sie mehr und mehr sprechen und manchmal sogar lachen zu hören.

Und Milena? Ihre Geschichte war noch nicht erzählt. Nachdem sie mit ihr und Esme auf den Hof gekommen war, hatte sie etwas von der Suppe gegessen, die Paul auf dem Herd hatte. Dann hatte sie sich ins Bett gelegt und den kompletten Tag und die Nacht durchgeschlafen. Esme war nicht von ihrer Seite gewichen.

Am nächsten Morgen hatte sie sich mit dem Satz »Ich kann arbeiten« an Julie gewandt.

Was auch immer sie erlebt hatte, was auch immer die beiden erlebt hatten, noch war nicht der Zeitpunkt gekommen, darüber zu sprechen. Wichtig war ein Dach über dem Kopf. Schlaf in der Nacht. Die Gewissheit, für eine Weile bleiben zu können.

Die Sonne verschwand hinter der großen Eiche. Julie wickelte sich in eine der Decken, die Thérèse zurückgelassen hatte. Morgen würde sie wieder nach Paris fahren. Sie würde weiterarbeiten, weiterkämpfen, aber nicht mehr allein. Die Solidarität unter den Mitarbeitern der OJN war tröstlich. Selbst der alte Fréijart hatte seine Hilfe angeboten.

Julie nahm einen letzten Schluck aus ihrer Tasse.

Rosalie

Rosalie saß auf ihrem Lieblingsplatz am Fenster auf dem Lehnstuhl einer früheren Bewohnerin. Sie genoss die Annehmlichkeiten dieses gepolsterten Stuhls mit seinen breiten Armlehnen aus dunklem massivem Holz. Die Dämmerung hatte eingesetzt und sie konnte sehen, wie sich die Zweige der Nadelbäume im Park im Wind bewegten. Sie war stur geblieben und hatte sich nicht zum Abendessen in den Saal bringen lassen. Mit ihren knochigen Händen hatte sie sich an den Armlehnen festgehalten und Suzanne hatte schließlich kapituliert und ein Tablett mit etwas Brot und einer Scheibe Pastete auf ein Tischchen neben sie gestellt.

Rosalie blickte aus dem Fenster. Die Tüte mit den Keksen lag auf ihrem Schoß und der Fettfleck, der sich auf der Tüte gebildet hatte, breitete sich aus auf dem Baumwollstoff ihres Kleides. Sie lehnte ihren Kopf zurück. Zwischen den Nadelbäumen tauchte die Weite der Wüste auf. Die kargen Brauntöne. Sie hörte das Lachen der Kollegen. Ein kurzer Urlaub nach dem Einsatz in Zentralafrika. Eine willkommene Pause. Dann der Tag mit dem Unfall bei den Wasserschöpfrädern. Der Ingenieur, der um Hilfe rief. Der Abend, die Nacht. Seine zärtlichen Hände, sein staunender Blick, als sie sich zu ihm legte. Der nächste Einsatz, die Schwangerschaft, die Übelkeit, das Verlieren der Kräfte, die Rückkehr nach Paris. Die Geburt, das Baby, Julie. Unangenehme Fragen, die bald verstummten.

Es klopfte: »Madame Djann?«

Suzanne steckte den Kopf zur Tür herein.

»Sie haben ja noch gar nichts gegessen. Ich lasse Ihnen das Tablett noch hier.«

Die Tür fiel wieder leise ins Schloss.

»Danke«, murmelte Rosalie. Auf ihrer Zunge tanzte der Geschmack von Kardamom.

»Julie?«, sie blickte sich um. »Julie, es sind die Gewürze im Leben, die uns die Geschichten erzählen. Deine Geschichte.«

Bilder tauchten auf, verschwammen wieder. Sätze zerfielen in einzelne Puzzleteile und ließen sich nicht mehr zusammenfügen.

»Julie, ich schreib dir das auf.«

Ihr Blick wanderte suchend durch den Raum. Auf dem Nachttisch fand sie einen Stift. Sie brauchte noch Papier. Wo hatte Suzanne nur wieder das Schreibpapier hingeräumt? Es war zum Verzweifeln. Die Dinge verschwanden genauso schnell wie die Gedanken. Sie suchte in den Regalen, bis ihr Blick auf das Tablett mit der blütenweißen Papierserviette fiel. Weiß. Weiß ist gut. Da lässt es sich gut drauf schreiben. Sie nahm die Serviette in die Hand, befühlte sie zwischen ihren Fingern. Dünnes, leicht unebenes Papier. Die Serviette. Die Serviette braucht man zum Essen. Hier stand das Essen. Sie setzte sich wieder auf den Stuhl neben den Tisch und schnitt sich ein Stückchen von der Pastete ab. Sie spürte die mürbe Konsistenz, als sie zu kauen begann. Der Geschmack von Blätterteig, Butter und Schweinefleisch breitete sich aus in ihr. Salzig, wie immer zu salzig. Sie nahm einen Schluck von dem Tee und tupfte sich mit der Serviette den Mund ab. Dann nahm sie einige Bissen von dem Brot. Das Essen wog schwer im Magen. Sie knüllte die Serviette zusammen und legte sie auf den Teller.

Suzanne trat ein, nahm das Tablett und stellte es auf den Geschirrwagen im Flur. »Prima, jetzt haben Sie ja doch noch was gegessen.«

Rosalie nickte.

»Kommen Sie, wir gehen ins Badezimmer.«

Rosalie folgte ihr und setzte sich auf den Stuhl vor dem Waschbecken. Suzanne begann, ihr die Haare zu kämmen. Ihre langen Haare, auf die sie immer noch stolz sein konnte.

»Bitte einen Zopf, Suzanne. Haben Sie Zeit?«

»Mach ich.«

»Einen Zopf gegen den Wind und die feuchte Luft.«

»Na gut.«

»Ich habe Julie ihre Geschichte erzählt.«

»Das ist schön«, sagte Suzanne und reichte ihr die Zahnbürste. »Wollen Sie die Zahnpasta heute selber drauf machen?«

Rosalie nickte.

Foto: Dorothea Salzmann-Schimkus

Die Autorin

Martina Rapp, geboren 1962 in Tübingen, studierte in Freiburg Germanistik und Romanistik. Nach einem Aufenthalt in Paris folgte ein weiteres Studium der Logopädie und Pädagogik. Martina Rapp arbeitet heute als Logopädin und Dozentin in Bremen und stellt mit Julie ihren ersten Roman vor, für den ihr 2017 das Bremer Autorenstipendium verliehen wurde.

Danke an alle, die Julie und mich bei der Entstehung des Buches auf bisweilen verschlungenen Pfaden begleitet haben, insbesondere an Dorothea, Michael, Jessika, Katja, Ursula, Cornelia und vor allem an Jutta Reichelt, die mir Mentorin war und ohne die das Buch nicht entstanden wäre.

Dank auch an den Senator für Kultur Bremen für das Autorenstipendium 2017.